忍び崩れ

江戸の御庭番 3

藤井邦夫

角川文庫
21303

『御庭番』とは、
徳川吉宗《とくがわよしむね》が八代将軍の座に就いた時、
紀州《きしゅう》藩から伴った十七家を御庭番家筋と定め、
直参旗本と成して
隠密《おんみつ》御用を命じた者たちである。

目次

第一章　遺恨

一

神楽坂《かぐらざか》の下に見える外濠《そとぼり》は、陽差しに美しく煌《きら》めいていた。

「綺麗《きれい》……」

市谷田町《いちがやたまち》四丁目代地の茶道具屋を出た倉沢佐奈《くらさわさな》は、神楽坂の下に煌めく外濠を眩《まぶ》しげに眺めた。

佐奈は、茶道具屋で茶筅《ちゃせん》を買って肴町《さかなまち》の八百屋に向かった。

肴町の八百屋は神楽坂をあがり、毘沙門天《びしゃもんてん》で名高い善國寺《ぜんこくじ》を通り抜けた処にある。

佐奈は足早に進んだ。そして、善國寺門前に差し掛かった時、横手の道から老百姓が突き飛ばされたように出て来て倒れた。

佐奈たち行き交う人々は、思わず立ち止まった。

武士と中間《ちゅうげん》たちが追って現れ、倒れた老百姓を取り囲んだ。

「おのれ、下郎、引き立てろ」

武士は、中間たちに命じた。

「お許しを、私は御屋敷の前を通り掛かっただけにございます。本当にございます。お許し下さい」

老百姓は、土下座して必死に許しを乞《こ》うた。

「ならぬ……」

武士は怒鳴った。

「どうか、どうかお許しを、私は通り掛かっただけにございます」

老百姓は、武士の足に縋《すが》り付いた。

「無礼者……」

武士は、縋り付いた老百姓を蹴飛《けと》ばした。

老百姓は、悲鳴をあげて仰向《あおむ》けに倒れた。

中間たちが、ぐったりとした老百姓を引き摺《ず》り起こした。

「お待ち下さい」

佐奈は、思わず進み出た。

武士と中間たちは、老百姓を引き立てる手を止めた。

「何《いず》れの御家中の方々かは存じませぬが、此《こ》の者が何をしたのでしょうか……」

佐奈は、土塗《つちまみ》れの老百姓を示した。

「此の者は、我が主《あるじ》の御屋敷を覗《のぞ》き込み、何かを窺《うかが》っていた怪しい奴なのだ」

武士は、薄笑いを浮かべた。

「覗き込んではおりませぬ。窺ってもおりませぬ。通り掛かっただけにございます」

老百姓は、懸命に訴えた。

「黙れ、下郎」

武士は一喝した。

「ですが、此の者は覗いても窺ってもいないと申しておりますが……」

佐奈は眉《まゆ》をひそめた。

「助かりたい一心の言い逃れだ。おい……」

武士は、中間たちに目配せをした。

中間たちは、老百姓を引き立てようとした。

「お許しを、私は通り掛かっただけです。お許し下さい……」

老百姓は、中間たちに引き摺られて悲痛に叫んだ。

次の瞬間、老百姓を引き摺る中間の一人が腕を捻《ひね》られて回転し、背中から落ちた。

土埃《つちぼこり》が舞いあがり、すべての時が止まった。

武士と中間、そして老百姓は凍《い》て付いた。

舞いあがった土埃が収まった。

佐奈が、中間を投げ飛ばしたのだ。

「おのれ……」

武士は怒り、佐奈に腕を伸ばした。

刹那《せつな》、佐奈は武士の腕を躱《かわ》して摑《つか》み、素早く投げを打った。

武士は、大きく弧を描いて地面に叩《たた》き付けられ土埃を舞いあげ、白目を剝《む》いて苦しく呻《うめ》いた。

関口《せきぐち》流柔術の見事な技だった。

「く、桑原《くわばら》さま……」

中間たちが、慌てて桑原に駆け寄った。

「今の内です……」

佐奈は、呆然《ぼうぜん》としている老百姓を促した。

「は、はい……」

老百姓は、我に返って頷《うなず》いた。

「さあ、早く……」

佐奈は、老百姓とその場を離れた。


古寺の墓地に人気はなかった。

老百姓は、墓場の隅にある井戸で手と顔を洗い、水を飲んで息をついた。

「怪我はありませんか……」

佐奈は、老百姓に尋ねた。

「お陰さまで。危ない処をありがとうございました。手前は中里村町《なかざとむらちょう》の百姓で喜平《きへい》と申します」

中里村町は、神楽坂を上がった通りを進んだ矢来下の北に広がる田畑の傍にある。

老百姓の喜平は、佐奈に深々と頭を下げて礼を述べた。

「中里村町の喜平さんですか、あの者たちは何処の家中の者たちですか……」

「お旗本の白崎《しらさき》さまの御家中の方々にございます」

「お旗本の白崎さま……」

佐奈は、喜平を引き立てようとした武士と中間たちの素性を知った。

「はい。あの、奥方さまは……」

「名乗る程の者ではありません。此《これ》から旗本屋敷の前を通る時は気を付けるんですね。ではね……」

佐奈は微笑み、古寺の墓地から出て行った。

「ありがとうございました」

喜平は、深々と頭を下げて立ち去って行く佐奈を見送った。


江戸《えど》城御休息御庭に人影はなかった。

八代将軍吉宗《よしむね》は、政務の合間に御休息御庭を訪れて四阿《あずまや》に向かった。

四阿には、御休息御庭の番人である御庭之者が控えていた。

「近う……」

「はっ……」

形ばかり近付いた御庭之者は、倉沢喬四郎《きょうしろう》だった。

「喬四郎、此処《ここ》十日の間に小普請《こぶしん》組支配組頭が二人、急な病で頓死《とんし》したそうだ」

吉宗は告げた。

「十日の間に二人が急な病で頓死……」

喬四郎は眉をひそめた。

「左様。十日で二人、同じ役目の者が揃って急な病、偶然とは思えぬ」

吉宗は、厳しさを滲《にじ》ませた。

「と仰《おつしや》いますと……」

喬四郎は、それとなく探りを入れた。

「喬四郎、大名旗本は殺害された時、武門の恥辱として急な病での頓死と、公儀に届け出るのは知れた事……」

吉宗は苦笑した。

「ならば、二人の急な病での頓死は……」

喬四郎は読んだ。

「うむ。おそらく殺害された……」

吉宗は、二人の小普請組支配組頭の死を急な病で死んだのではなく、殺されたと睨《にら》んでいる。

「では……」

「うむ。もし、読みの通りに殺されたのなら、小普請組に拘《かかわ》る事であり、我が政《まつりごと》にも何らかの影響があろう」

吉宗は、冷徹に読んだ。

「はっ……」

「そこでだ喬四郎、此度《こたび》の一件、急ぎ探索致せ」

吉宗は命じた。

「心得ました……」

喬四郎は平伏した。

〝小普請〟とは、小さな普請の人足などを旗本御家人の非役の者に課す事を云った。そして、そうした非役の旗本御家人を集めたのを〝小普請組〟と称した。

小普請組は八から十組あり、大身旗本が務める〝小普請組支配〟がおり、その下に〝小普請組支配組頭〟がいて〝小普請組〟の者たちがいた。

小普請組支配と小普請組支配組頭は、それぞれ八人いた。

小普請組支配組頭は二、三百石取りの旗本が務めており、十日の内の急な病で頓死をしたのはその内の二人だった。

小普請組支配や小普請組支配組頭は、小普請組の者たちを指揮、監督した。そして、空席になった役目に小普請組の者を推挙した。それ故、職禄《しょくろく》欲しさにお役に就きたい者たちの付届けも多く、旨《うま》みのある役目と云えた。

吉田主膳《よしだしゅぜん》と加島紋十郎《かしまもんじゅうろう》……。

十日の内に急な病で頓死した二人は同じ組の組頭であり、支配は三千石取りの白崎英之進《えいのしん》だった。

小日向《こびなた》の旗本屋敷街には、物売りの声が長閑《のどか》に響いていた。

喬四郎は、外濠に架かっている牛込《うしごめ》御門を出て神楽坂をあがり、小日向新小川町《しんおがわちょう》にある屋敷に向かっていた。

宗平《そうへい》……。

喬四郎は武家屋敷街を来る小者が、屋敷の下男の宗平だと気付いた。

宗平は、辺りに誰かを捜しているような足取りだった。

「宗平……」

喬四郎は声を掛けた。

「これは旦那《だんな》さま、お帰りなさいませ……」

宗平は、喬四郎に気が付いた。

「誰かを捜しているのか……」

喬四郎は尋ねた。

「はい。誰かが表門から御屋敷を覗いていましてね。声を掛けて表に急いだのですが……」

宗平は眉をひそめた。

「誰もいなかったか……」

「はい。それでちょいと捜しているのですが、手前の勘違いだったのかもしれませぬ」

宗平は苦笑した。

「そうか。ま、屋敷に用がある者ならば、又来るさ。さあ、帰ろう」

喬四郎は、夕陽を浴びて宗平と倉沢屋敷に向かった。

夜の庭には虫の音が響いていた。

喬四郎は、岳父の左内《さない》と酒を酌み交わした。「ほう。小普請組支配組頭が二人、十日の内に揃って急な病で死んだか……」

左内は白髪眉をひそめた。

「はい。それで探ってみろと……」

喬四郎は、手酌で酒を飲んだ。

「御存知なのか……」

「ええ……」

喬四郎は頷いた。

「油断も隙もない御方だな……」

左内は、吉宗が急な病での死と云う届けが殺された武家の恥辱を隠蔽《いんぺい》し、穏やかに家督相続する方便だと見抜いているのを知り、苦笑した。

「まったく……」

喬四郎は笑った。

「お待たせ致しました」

義母の静乃《しずの》と妻の佐奈が、料理と新しい酒を持って来た。

「うむ……」

「沙魚《はぜ》の甘露煮と里芋の煮物ですよ」

静乃は、料理を差し出した。

「此は美味《うま》そうな……」

喬四郎は眼を細めた。

「婿殿、此の沙魚はお父上に釣られた愚かな魚ではありませぬ。私が魚屋で篤《とく》と吟味して買って来た魚ですので美味《おい》しいですよ」

静乃は微笑んだ。

「左様ですか……」

喬四郎は苦笑した。

「ふん。釣り人と一対一の勝負をせず、漁師に網で大雑把に捕えられた間抜けな沙魚など、食うと間抜けになるだけだ」

左内は悪態を吐き、里芋を食べて酒を飲んだ。

「うん、まあ……」

静乃は、左内の年甲斐《としがい》もない悪態に呆《あき》れた。

喬四郎と佐奈は、秘《ひそ》かに顔を見合わせて苦笑した。

「して喬四郎、急な病で死んだ二人の組頭の支配は誰なのだ」

左内は、静乃を無視して話題を変えた。

「は、はい。白崎英之進なる者だそうです」

喬四郎は、慌てて苦笑を隠した。

「白崎英之進か……」

「御存知ですか……」

「いや。知らぬが、二人の組頭の急な病での死に拘りがあるのは間違いあるまい」

左内は読んだ。

「はい……」

喬四郎は頷いた。

「旦那さま……」

佐奈は、喬四郎に酌をした。

聞いた覚えがある……。

佐奈は、白崎と云う名に聞き覚えはあるが、何処で誰に聞いたかは思い出せなかった。

「うん……」

喬四郎は、佐奈の酌で酒を飲み、沙魚の甘露煮を食べた。

沙魚の甘露煮は美味かった。

虫の音は涼やかに続いていた。

有明行燈《ありあけあんどん》は仄《ほの》かな明かりを浮かべていた。

喬四郎は、傍らに横たわった佐奈を静かに抱き寄せた。

夫婦になって時が過ぎていた。

喬四郎と佐奈は言葉を交わさず、二人で作りあげた手順で事を進めていた。

「あっ……」

佐奈が、不意に声をあげた。

「どうした……」

喬四郎は戸惑った。

「はい。旦那さまが仰った白崎なる名、今日の昼間に聞いたのを漸《ようや》く思い出しました」

佐奈は、嬉《うれ》しげな笑みを浮かべて身を起こした。

「白崎……」

喬四郎は、佐奈に続いて身を起こした。

「はい。そうです、白崎です……」

老百姓の喜平に聞いた〝白崎〟とは、喬四郎が云っている急な病で死んだ二人の小普請組支配組頭の上役である支配の〝白崎英之進〟なのかもしれない。

佐奈は頷いた。

「佐奈、白崎と云う名を今日の昼間、誰かに聞いたのか……」

喬四郎は尋ねた。

「はい、左様にございます」

佐奈は身を乗り出した。

「よし、誰に白崎の名を聞いたのか、順を追って詳しく話してくれ」

喬四郎は、今夜の子作りを諦《あきら》めて有明行燈の火を大きくした。

小普請組支配白崎英之進の屋敷は、善國寺の手前の辻《つじ》を曲がった処にあった。

浪人姿の喬四郎は、辻から白崎屋敷を眺めた。

「白崎の屋敷ですか……」

才蔵《さいぞう》は、喬四郎に並んで白崎屋敷を眺めた。

「知っているのか……」

「近所の評判悪いですからね」

才蔵は、市谷田町四丁目代地の裏路地にある年増《としま》女将《おかみ》の営む小料理屋に転がり込んでおり、神楽坂界隈《かいわい》に詳しくなっていた。

「ほう、そんなに悪いのか……」

「ええ。昨日も家中の者が年寄りの百姓を甚振《いたぶ》っていましてね。何処かの若い武家の奥方に窘《たしな》められ、痛め付けられたとか……」

才蔵は嘲笑《ちょうしょう》した。

佐奈の事だ……。

「ほう。若い奥方に痛め付けられたか……」

喬四郎は惚《とぼ》け、苦笑した。

「ああ。何でも鬼のような奥方で、旦那も毎晩痛め付けられているって専らの噂だ。どんな旦那か知らねえが、気の毒な奴ですぜ」

才蔵は哀れんだ。

「う、うん……」

喬四郎は、鬼のような奥方が己の妻の佐奈だと云いそびれた。

「で、御役目ですか……」

「ああ……」

喬四郎は、固い面持ちで頷いた。

小普請組支配組頭の吉田主膳と加島紋十郎の本当の死因……。

喬四郎は、才蔵に探索すべき事を教えた。

「小普請組支配組頭ですか……」

才蔵は、薄笑いを浮かべた。

「ああ……」

「役目に就きたい小普請組の連中をいいように扱い、付届けを貰《もら》う。羨《うらや》ましい役目だけに、恨んでいる者も多いでしょうね」

才蔵は睨んだ。

「まあな……」

喬四郎は苦笑した。

「分かりました。俺は本郷《ほんごう》御弓町の吉田主膳を探ってみますよ」

「頼む。俺は加島紋十郎を当たる」

「承知……」

才蔵は頷いた。

喬四郎と才蔵は、それぞれ調べる相手を決めて別れた。

神田《かんだ》玉池稲荷《たまいけいなり》の池の水面には、蜻蛉《とんぼ》が飛び交っていた。

死んだ小普請組支配組頭の加島紋十郎の屋敷は、玉池稲荷の裏手の武家屋敷街の一角にあった。

喬四郎は、加島屋敷を眺めた。

加島屋敷は表門を閉じ、喪に服していた。

加島家は、当主であった紋十郎が急な病で死んだと公儀に届け、家督を嫡男に継がせる許しを得ていた。

もし、紋十郎が何者かに殺されたとしたなら、武門の恥辱と蔑《さげす》まれた上、事と次第によっては家禄も減知され、嫡男の家督相続も容易に進まなかったかもしれない。

それは、もう一人の組頭である吉田主膳も同じだ。

〝急な病での頓死〟は、そうした面倒のすべてを覆い隠して丸く収める都合の良い方便なのだ。

加島家は三百石取りの旗本であり、少ない家来や奉公人は古くからいる者ばかりだ。

金を握らされて主家の秘密を洩《も》らすような者は滅多《めった》にいない。下手に聞き込みを掛ければ、探索が知れてしまう恐れもある。

さあて、どうする……。

喬四郎は手立てを思案した。

斜向《はす》いの旗本屋敷から下男が現れ、門前の掃除を始めた。

よし……。

喬四郎は、掃除をする下男に近付いた。

「つかぬ事を尋ねるが……」

「は、はい……」

下男は、微《かす》かに緊張した。

「此の界隈で急な病に罹《かか》ると、何処の医者に往診を頼むのかな」

喬四郎は訊《き》いた。

「お医者さまですか……」

下男は、微かな緊張を解いた。

「うむ……」

「そうですねえ……」

「界隈で評判の良い医者でもいいが……」

喬四郎は、加島紋十郎の死を見定めた医者を捜す事にした。

二

本郷御弓町の吉田主膳の屋敷は、喪に服して静寂に覆われていた。

才蔵は、近所の旗本屋敷の奉公人たちにそれとなく吉田屋敷について聞き込んだ。

吉田家は、嫡男が未《いま》だ六歳の幼い子供であり、家督は部屋住みだった弟が継いでいた。

「弟がね……」

才蔵は眉をひそめた。

「ああ。若さまは未だ六歳だからね。取り敢《あ》えず部屋住みの弟の孝次郎《こうじろう》さまに継がせるしかありませんよ」

近所の旗本屋敷の中年の中間は、薄笑いを浮かべて告げた。

「ま、家が取り潰《つぶ》されなかっただけでも御の字だな」

才蔵は苦笑した。

「ああ。変わったのは、小普請組の連中の付届けを貰えなくなったぐらいだ。それぐらいは、我慢しなくっちゃあな」

中間は嘲笑《あざわら》った。

「そんなに付届けを貰っていたのか……」

「ああ。噂じゃあ貰っていたと云うより、脅し取っていたようなもんだとか。随分、恨まれていた筈《はず》だぜ」

「じゃあ、殺されずに病で死んだのは、運が良かったと云うわけだ」

「まあ、そんな処だな」

中間は笑った。

「成る程……」

吉田主膳は、殺された可能性が充分にある。

才蔵は、想いを巡らせた。

「処で吉田主膳はどんな病で死んだんだい」

「さあねえ。朝起きたら蒲団《ふとん》の中で死んでいたって云うから、卒中か腎虚《じんきょ》じゃあないのかな」

中間は読んだ。

「卒中か腎虚ねえ……」

才蔵は、思わず嗤《わら》った。

「加島紋十郎さまですか……」

岩本町《いわもとちょう》の町医者桂井清州《かつらいせいしゅう》は眉をひそめた。

「左様。清州先生が夜遅く往診したと聞きましたが……」

喬四郎は尋ねた。

「い、如何《いか》にも、そうですが……」

清州は、微かに狼狽《うろた》えた。

「ならば、加島紋十郎どのが亡くなった急な病とは何ですか……」

「し、心の臓の病です」

清州は、嗄《しゃが》れ声を引き攣《つ》らせた。

「心の臓の病……」

喬四郎は眉をひそめた。

嘘を吐いている……。

喬四郎は睨んだ。

「左様、心の臓の病です」

「間違いありませんな……」

喬四郎は、清州を鋭く見据えた。

「そ、それはもう……」

清州は、思わず眼を逸《そ》らした。

「清州先生、実は加島紋十郎を秘かに殺したと申す者がおりましてな……」

喬四郎は、清州に笑い掛けた。

「えっ……」

清州は、激しく動揺した。

「しかし、清州先生は心の臓の急な病での死だと云っている。こうなると、どちらが正しいか墓の下から仏を掘り出して検《あらた》めるしかあるまい……」

喬四郎は、冷たく告げた。

「そ、そんな……」

清州は怯《おび》え、震え出した。

「清州先生、嘘偽りを云って御公儀を誑《たぶら》かすは天下の大罪。只《ただ》では済みませんぞ」

喬四郎は、清州を脅した。

「か、加島さまは、加島紋十郎さまは急な病で死んだのではありません。心の臓に針を突き刺されて殺されていました」

清州は、苦しげに告げた。

「心の臓に針を……」

心の臓に針を突き刺して殺すのは、殺しの玄人の手口だ……。

喬四郎は読んだ。

「ええ……」

清州は頷いた。

「それを急な病による死とし、御公儀を誑かしたのは何故かな……」

喬四郎は、清州を厳しく責めた。

「加島さまの、加島さまの奥方さまに金を渡され、紋十郎さまは殺されたのではなく、急な病で死んだ事にしてくれと頼まれて……」

清州は項垂《うなだ》れた。

小普請組支配組頭加島紋十郎は、急な病で死んだのではなく何者かに殺されたのだ。

夜、眠っている時、心の臓に針を突き刺されて……。

その手口は玄人、それも忍びの者の遣《や》り方と云っても良い。

忍びの者……。

小普請組支配組頭加島紋十郎殺しの背後には、忍びの者が潜んでいるのだ。

喬四郎は見定めた。

「忍びの者か……」

才蔵は眉をひそめた。

「ああ。眠っている加島紋十郎の心の臓に針を突き刺して息の根を止めた。遣り方から見て間違いあるまい。して、吉田主膳はどうだった……」

喬四郎は尋ねた。

「そいつが、吉田主膳も寝ている内に死んでいた」

「ならば……」

「加島紋十郎と同じに心の臓に針を突き刺されて殺されたのかもな……」

「間違いあるまい」

才蔵は読んだ。

喬四郎は頷いた。

「ならば、忍びの者に……」

「きっとな……」

「それにしても、忍びの者がどうして……」

才蔵は首を捻った。

「才蔵、加島と吉田は恨みを買っていた」

「ならば、恨んでいる者共が忍びの者を雇ったか……」

「うむ。そして、次は小普請組支配の白崎英之進を狙っているのかもしれぬ」

喬四郎は読んだ。

「白崎英之進を……」

「うむ。評判の悪い白崎英之進だ。加島や吉田以上に狙われても不思議はあるまい」

「成る程……」

才蔵は頷いた。

「うむ。才蔵、俺は白崎屋敷を見張ってみる。お前は加島と吉田を殺した忍びの者を割り出してくれ」

小普請組支配組頭の加島紋十郎と吉田主膳を殺した者と、その理由を突き止める。

喬四郎の探索は、次の段階に進んだ。

白崎屋敷は表門を閉じていた。

おそらく塀の内側では、家来たちが厳しい警戒をしているのだ。

それが、配下である組頭の加島紋十郎と吉田主膳の死に拘りがあるなら、小普請組支配の白崎英之進は二人が病死をしたのではないと思っているのだ。

次は自分が狙われる。

白崎英之進はそう思い、屋敷の警戒を厳しくしているのだ。

喬四郎は睨み、白崎屋敷の周囲や行き交う人に不審な者を捜した。

不審な者を捜しているのは喬四郎だけではなく、塀の内側にいる白崎屋敷の者たちも同じなのだ。だが、白崎屋敷の周囲や行き交う人に不審な者はいなかった。

昨日、佐奈が助けた老百姓は、白崎屋敷を覗き窺ったとして家来たちに咎《とが》められ、引き立てられそうになっていた。

佐奈は助けた。

助けた老百姓は、喜平と名乗った。

喜平は、神楽坂の通りを進んだ先の矢来下の北にある中里村町に住んでいる。

喜平は、本当に白崎屋敷を覗き窺ってはいなかったのか……。

喬四郎は、喜平が気になった。

加島紋十郎と吉田主膳が殺される前、屋敷の周囲には不審な者が現れていないか……。

才蔵は、加島紋十郎の屋敷の周囲にいた不審な者を捜した。

「普段は見掛けない者ですか……」

加島屋敷と甍《いらか》を連ねている旗本屋敷の中間は、首を捻った。

「うん。いなかったかな……」

才蔵は聞き込みを続けた。

中里村町の北に流れる小川の周囲には、緑の田畑が広がっていた。

喬四郎は、野良仕事をしていた若い百姓に喜平を知らないか尋ねた。

「喜平さんですか……」

若い百姓は眉をひそめた。

「うむ。中里村町に住んでいると聞いたのだが……」

「そうですか……」

若い百姓は、困惑を浮かべた。

「いないのかな、喜平は……」

喬四郎は訊いた。

「はい。あっしは代々此処で百姓をしていますが、喜平さんなどと云う百姓は知りませんねえ……」

若い百姓は、老百姓の喜平を知らなかった。

喜平と云う名が偽りだったのか、それとも偽りの住まいを云ったのか……。

何れにしろ、佐奈が助けた老百姓の喜平は嘘偽りを云ったのだ。

中里村町の百姓喜平はいなかった……。

喬四郎は、若い百姓に礼を云って来た道を戻り始めた。

新たな疑念が湧いた。

老百姓の喜平は、どうして佐奈に嘘偽りを云ったのか……。

喬四郎は、その真意を読んだ。

嘘偽りを告げたのは、素性や正体を隠す為に他ならない。

もしそうならば、何故に素性や正体を隠すのか……。

喬四郎は読み続けた。

嘘偽りを云って素性や正体を隠したからには、白崎屋敷を覗き窺っていなかったと云う事も嘘偽りなのかもしれない。

ならば、老百姓の喜平は白崎屋敷を覗き窺っていた。

喬四郎は読んだ。

それは、白崎屋敷を探っていたのだ……。

喬四郎は気付いた。


「年寄りの百姓……」

才蔵は眉をひそめた。

「ああ。加島さまが亡くなられた二、三日前から此の辺を彷徨《うろつ》いていたぜ」

中間は、才蔵に渡された小粒を握り締めて笑った。

「そうか、年寄りの百姓か……」

才蔵は、白崎家の家来たちに甚振られていたと云う年寄りの百姓を思い出した。

もし、年寄りの百姓が拘っているとしたら、本郷御弓町の吉田主膳の屋敷にもその姿を見せている筈だ。

才蔵は、本郷御弓町に急いだ。

矢来下から通寺町《とおりてら》、肴町……。
喬四郎は、善國寺の門前を抜けて白崎屋敷のある通りに曲がった。
通りに菅笠《すげがさ》を被《かぶ》った百姓がいた……。
喬四郎は、素早く辻の物陰に隠れた。そして、菅笠を被った百姓を窺った。
百姓は、菅笠をあげて白崎屋敷を窺った。
喬四郎は見詰めた。
百姓は、白髪混じりで顔に深い皺《しわ》を刻んだ年寄りだった。
老百姓の喜平か……。
喬四郎は見守った。
老百姓は、菅笠を目深に被ってその場を離れた。
喬四郎は追った。

神楽坂には多くの人が行き交っていた。
老百姓は、神楽坂を下り始めた。
喬四郎は尾行《つけ》た。
老百姓は、それとなく周囲を窺い、確かな足取りで神楽坂を下った。

周囲を窺う身のこなしと足取りは、只の老百姓のものではない。

忍び……。

喬四郎の勘が囁《ささや》いた。

加島紋十郎と吉田主膳を始末し、次に白崎英之進の命を奪う仕度をしている。

老百姓は、それ故に白崎屋敷を覗き窺っていたのだ。

咎め、甚振り、引き立てようとした白崎家の家来たちは正しかったのかもしれない。だが、佐奈はそれを知らずに老百姓を助けた。

老百姓は戸惑いながらも、佐奈に抗《あらが》う事も出来ずに従ったのだ。

佐奈の早とちり……。

喬四郎は苦笑した。

神楽坂を下りた老百姓は、外濠沿いの道を東に向かった。

喬四郎は、慎重に尾行た。

牛込御門から小石川《こいしかわ》御門、水戸《みと》藩江戸上屋敷、水道《すいどう》橋、湯島《ゆしま》の聖堂……。

老百姓は、神田川北岸の道を進んだ。

足取りに隙も疲れもない……。

老百姓は、忍びの者に間違いない。
喬四郎は見定め、追った。
老百姓は、神田川沿いの道から神田明神の参道に入った。

神田明神の境内は、参拝客で賑《にぎ》わっていた。
老百姓は、本殿に手を合わせて境内の隅にある茶店に向かった。
喬四郎は、石灯籠《いしどうろう》の陰から見守った。
老百姓は、茶店の女に声を掛けた。
茶店の女は、老百姓と何事か言葉を交わして奥の小部屋に誘った。
奥の小部屋で誰かと逢《あ》う……。
喬四郎は、老百姓の動きを読んだ。
誰だ……。
喬四郎は、老百姓の逢う相手を見定めようと茶店の裏手に廻《まわ》った。
路地を抜けると狭い庭になり、厠《かわや》と格子窓のある小部屋があった。
喬四郎は、小部屋の格子窓の下に忍んで気配を消した。

格子窓の障子は閉められ、男の声が微かに聞こえた。

喬四郎は、耳を澄ませた。

「それで喜平どの、始末する手立てはついたのか……」

男の声が聞こえた。

喜平……。

やはり、老百姓は喜平なのだ。

「うむ。明後日、先代の月命日で菩提寺《ぼだいじ》の市谷御門外にある祥雲寺《しょううんじ》に行くそうだ」

喜平の嗄れ声がした。

「では、その時に……」

「左様。屋敷の外で派手に襲って斃《たお》せば、急な病による頓死などと嘘偽りは吐けぬ」

喜平の嗄れ声には、嘲《あざけ》りが含まれていた。

やはり、加島紋十郎と吉田主膳に続き、小普請組支配の白崎英之進の命を奪う企てなのだ。

それも、殺されたと天下に知れ渡る手立てで……。

喬四郎は、喜平と男の企てを読んだ。

「うむ。我らの鼻先に御役目をちらつかせては、金を貢がせる外道の振る舞い。必ず討ち果たしてくれる」

怒りと悔しさに声を震わせた男は、白崎英之進支配下の小普請組の者なのだ。

喬四郎は睨んだ。

「おぬし、どうしてもやるか……」

「如何にも。配下の者に討ち取られたとなれば、御公儀は無論、上様も頰被りは出来まい。刺し違えてくれる……」

男の声は、確固たる覚悟に満ちていた。

「そうか。ならば明後日、市谷御門外の祥雲寺に来るが良い……」

喜平は指示した。

「心得た……」

男の声は頷いた。

「ではな……」

喜平は告げた。

出て来る……。

喬四郎は、小部屋の格子窓の下から離れて茶店の表に急いだ。

喜平は、菅笠を目深に被って茶店の奥から出て来た。
幾ら顔を隠しても、その身体付きと身のこなしは誤魔化せない……。
喬四郎は見定めた。
喜平は、茶店の女に見送られて参道に向かった。
どうする……。
喜平を追うか、逢っていた小普請組の者が誰か突き止めるか……。
喬四郎は迷った。
塗笠《ぬりがさ》を被った着流しの武士が、茶店の奥から出て来た。
迷いは一瞬だった。
喬四郎は、塗笠を被った着流しの武士を追う事にした。
塗笠に着流しの武士は、茶店の女に見送られて参道に進んだ。
喬四郎は尾行た。
塗笠に着流しの武士は、明神下の通りに出て北に向かった。
明神下の通りを北に進めば不忍池《しのばずのいけ》だ。
喬四郎は追った。

塗笠に着流しの武士は、辺りを警戒しながら足早に進んだ。

喬四郎は慎重に追った。


不忍池は煌めいていた。

塗笠に着流しの武士は、煌めく不忍池の畔《ほとり》を下谷広小路《したやひろこうじ》に向かった。そして、下谷広小路から仁王門前町《におうもんぜん》に進んだ。

何処に行くのだ……。

喬四郎は、微かな困惑を覚えた。

誘っているのか……。

塗笠に着流しの武士は、尾行に気が付いて人気のない処に誘い出そうとしているのかもしれない。

喬四郎は、塗笠に着流しの武士を窺った。

塗笠に着流しの武士に殺気は感じられない。

気の所為《せい》か……。

喬四郎は、塗笠に着流しの武士を追った。

塗笠に着流しの武士は、不忍池の畔から谷中《やなか》に向かった。

谷中か……。

喬四郎は追った。

不忍池で遊ぶ水鳥の甲高い鳴き声が、上野《うえの》の山に響き渡った。

三

谷中天王寺《てんのうじ》は、湯島天神《ゆしまてんじん》、目黒不動尊《めぐろふどう》と並んで〝江戸の三富〟の一つと呼ばれ、参拝客で賑わっていた。

塗笠に着流しの武士は、天王寺近くの岡場所に進んだ。

岡場所には女郎屋が軒を連ね、籬《まがき》越しに遊女を冷やかし品定めをする客が行き交っていた。

塗笠に着流しの武士は、物陰から一軒の女郎屋の遊女のいる見世を見ていた。

どの遊女を見ているのだ……。

喬四郎は、塗笠に着流しの武士の見ている遊女を捜した。

塗笠に着流しの武士は、見世の隅に俯《うつむ》き加減でひっそりと座っている年増の遊女を見ていた。

喬四郎は見定めた。

塗笠に着流しの武士は、年増の遊女を買うつもりなのか……。

喬四郎は見守った。

年増の遊女は、塗笠に着流しの武士の視線を感じたのか、ほっそりとした顔を僅《わず》かに向けた。

塗笠に着流しの武士は、素早く物陰に隠れた。

年増の遊女は、ほっそりとした顔に哀しみを滲ませて再び俯いた。

塗笠に着流しの武士と年増の遊女は知り合いなのだ……。

喬四郎は気付いた。

どんな知り合いなのだ……。

喬四郎は戸惑った。

年増の遊女は、遣り手に呼ばれて見世から引っ込んだ。

客がついた……。

喬四郎は読んだ。

塗笠に着流しの武士は俯き、物陰を出て来た道を戻り始めた。

喬四郎は追った。

塗笠に着流しの武士の足取りは重かった。

下谷練塀小路《ねりべいこうじ》は夕陽に染まった。

塗笠に着流しの武士は、谷中から下谷広小路に戻った。そして、不忍池から流れる忍川《しのぶ》沿いの道を進んで下谷練塀小路に出た。

下谷練塀小路の組屋敷に暮らす小普請組の御家人か……。

喬四郎は読んだ。

塗笠に着流しの武士は、下谷練塀小路を南に進んで一軒の組屋敷の木戸門を潜った。

喬四郎は見届けた。

塗笠に着流しの武士は、此の組屋敷に住んでいるのか……。

組屋敷の主は誰なのだ……。

喬四郎は、辺りを見廻した。

棒手振《ぼてふ》りの魚屋が、斜向いの組屋敷から出て来た。

喬四郎は呼び止めた。

「毎度。旦那、何か……」

魚屋は、怪訝《けげん》な面持ちで立ち止まった。

「うん。忙しい処、ちょいと尋ねるが、此処が誰の屋敷か知っているかな……」

喬四郎は、塗笠に着流しの武士の入った組屋敷を示した。

「えっ。ええ……」

魚屋は、戸惑った面持ちで頷いた。

「誰の屋敷かな……」

喬四郎は、魚屋に素早く小粒を握らせた。

「へ、へい。此処は小普請組の黒木純之助《くろきじゅんのすけ》さまの御屋敷ですが……」

魚屋は、小粒を握り締めた。

「黒木純之助……」

塗笠に着流しの武士は、小普請組の黒木純之助だった。

「へい……」

「家族はいるのか……」

「いえ。下男の利助爺《りへいじい》さんと二人暮らしです」

「ほう。御妻女はいないのか……」

「はい。黒木さまは、ずっと独り身だと聞いていますよ」

魚屋は眉をひそめた。

「独り身……」

喬四郎は、微かな戸惑いを覚えた。

「ならば、姉や妹はいるか……」

「いませんよ」

「いないか……」

喬四郎は、微かな落胆を覚えた。

「へい。あの、旦那……」

「うむ。造作を掛けたな……」

喬四郎は、棒手振りの魚屋を解放した。

「いいえ。じゃあ、御免なすって……」

魚屋は、魚を入れた盤台を両端に下げた天秤棒《てんびん》を担いで立ち去った。

「ずっと独り身か……」

喬四郎は、黒木純之助の組屋敷を眺めた。

谷中の岡場所にいた遊女は、黒木純之助の妻や姉妹ではなかった。だが、何らかの拘りがあるのは確かだ。

何れにしろ、小普請組支配組頭の加島紋十郎と吉田主膳殺しを企てたのは黒木純之助であり、手を下したのは老忍びの喜平なのだ。そして、黒木純之助と喜平は、小普請組支配の白崎英之進殺しを企てている。

喬四郎は、黒木屋敷を窺った。

黒木屋敷は静まり返っていた。

喬四郎は夕陽に照らされ、その影を長く伸ばしていた。


「小普請組の黒木純之助ですか……」

才蔵は眉をひそめた。

「うむ。組頭の加島と吉田殺しを企て、老忍びの喜平に殺させたようだ……」

喬四郎は、己の読みを告げた。

「老忍びの喜平か……」

才蔵は、手酌で猪口《ちょこ》を満たした。

「うむ。百姓の喜平、忍びに違いあるまい」

喬四郎は睨んでいた。

「加島と吉田が殺される二、三日前、それぞれの屋敷の周囲に見知らぬ老百姓が彷徨いていた」

「やはりな……」

「で、明後日、黒木と喜平は、先代の月命日で市谷御門外にある祥雲寺に行く白崎英之進を襲う……」

才蔵は、猪口の酒を飲んだ。

「ああ……」

喬四郎は頷いた。

「それにしても、黒木純之助が組頭の加島や吉田、それに支配の白崎英之進を殺す程の恨みとは、何かな」

才蔵は、喬四郎を見詰めた。

「おそらく積年の恨みって奴だろうが、殺すと覚悟を決めさせた何かがある筈だ」

喬四郎は、手酌で酒を飲んだ。

「その何かが気になるか……」

才蔵は苦笑した。

「ああ。よし、才蔵は白崎屋敷を見張り、喜平が現れたら追って塒《ねぐら》を突き止めてくれ。俺は黒木純之助を見張る」

「心得た……」

才蔵は頷いた。

喬四郎は、それぞれの遣る事を決めた。

「で、どうする……」

才蔵は、楽しげな笑みを浮かべた。

「何をだ……」

「小普請組支配の白崎英之進は、配下に命を狙われる程、悪辣《あくらつ》な奴だ……」

才蔵は、喬四郎の腹の内を探るように見詰めた。

「才蔵……」

「黒木に何処迄《まで》やらせるつもりかな……」

才蔵は笑った。

「さあて……」

喬四郎は迷っていた。

既に加島と吉田を殺した黒木だ。今更、白崎殺しを止めた処で死罪は免れない。

ならば、黒木純之助に白崎英之進殺しを叶《かな》えさせてやるのも面白い。

才蔵は、そうした喬四郎の腹の内に気が付いたのだ。

流石は餓鬼の頃から連《つる》んで来た腐れ縁だ……。

「才蔵、そいつは此からだ……」

喬四郎は苦笑した。


白崎屋敷は、相変わらず表門を閉めていた。

才蔵は物陰に潜んだ。

白崎英之進の動きを見張り、老忍びの喜平が現れるのを待って……。

才蔵は見張り始めた。


下谷練塀小路には、赤ん坊の泣き声が響いていた。

黒木の組屋敷の表では、老下男の利助が掃除しながら近所の者たちと言葉を交わしていた。

喬四郎は、離れた物陰から見守った。

背後に人の気配がした。

喬四郎は、それとなく振り返った。

白髪髷《まげ》の隠居が、竹箒《たけぼうき》を手にして喬四郎を胡散《うさん》臭げに見詰めていた。

「どうも……」

　喬四郎は苦笑した。

「おぬし、黒木純之助を見張っているのか……」

　隠居は、白髪眉をひそめて筋張った細い首を伸ばした。

「御隠居さま、実は黒木純之助どのに一目惚《ひとめぼ》れをしたおなごがおりましてね」

　喬四郎は笑った。

「純之助に一目惚れ……」

「ええ。で、どのような人柄か調べてくれとおなごの父上に頼まれ、ちょいと……」

「成る程、そう云う事か……」

　隠居は、楽しげに眼を輝かせた。

「御隠居さま、黒木どのの人柄ですが……」

「うむ。純之助は、子供の時から曲がった事の嫌いな一本気な気性の男だ。かと云って乱暴者ではなく、友を大事にする穏やかな人柄だ。一目惚れしたおなごが何処の誰か知らぬが、かなりの目利きと云えるな」

　隠居は、黒木純之助を誉めた。

「そうですか、友を大事にする穏やかな人柄ですか……」

「うむ。半年程前だったか、幼い頃からの友で同じ小普請組の佐々木和馬《ささきかずま》と云う者が腹を切ってな……」

「腹を切った……」

喬四郎は驚いた。

「うむ。何があったか知らぬが、穏やかな純之助も流石に怒りに打ち震えたそうだ」

「怒りに……」

「左様。ま、それ程、友を大切にする情の深い男だと云う事だ……」

「そうですか……」

喬四郎は眉をひそめた。

「お前さま、お前さまは何処です」

組屋敷から年老いた女の声がした。

「いかん。山の神だ。とにかく黒木純之助は良い奴だ。その一目惚れしたおなごの父上にそう云ってくれ。ではな……」

隠居は、喬四郎に人の好《よ》い笑顔を残して組屋敷に入って行った。

幼い頃からの友、佐々木和馬の切腹……。

そこに、黒木純之助が加島と吉田を殺させ、白崎英之進を殺そうとする何かがあるのかも知れない。

喬四郎は、黒木の組屋敷を見詰めた。

組屋敷の木戸門が開き、着流し姿の黒木純之助が塗笠を手にして出て来た。

「旦那さま……」

掃除をしていた利助が気が付き、黒木に駆け寄った。

「利助、ちょいと出掛けて来る」

「はい。お気を付けて……」

利助は、出掛けて行く黒木を見送った。

喬四郎は、物陰を出て黒木を追った。

黒木純之助は、塗笠を目深に被って下谷練塀小路を北に進んだ。

喬四郎は、慎重に尾行た。

黒木は、忍川に出て辻を西に曲がった。

西には下谷広小路や不忍池がある。

何処に行くのだ……。

喬四郎は追った。

菅笠を目深に被った百姓は、神楽坂からやって来て白崎屋敷の門前に立ち止まった。
その身体付きや身のこなしは、年寄りのものだった。
喜平か……。
才蔵は、物陰から見守った。
百姓は、目深に被っていた菅笠をあげて白崎屋敷を見上げた。
喜平……。
才蔵は見定めた。
喜平は、菅笠を被り直して白崎屋敷の門前を離れた。
追う……。
才蔵は、物陰を出ようとした。
白崎屋敷の潜り戸が開いた。
才蔵は、咄嗟《とっさ》に物陰に隠れた。
潜り戸から中間が現れ、喜平の後を追った。
気付かれたか……。

才蔵は、喜平を追う中間に続いた。
喜平は、通りを道なりに進んだ。
中間は追った。
喜平の行き先を突き止める気か……。
才蔵は、何故か焦りを覚えた。
道なりに進んだ喜平は、若宮《わかみや》八幡宮の鳥居を潜って境内に入った。
中間は続いた。
才蔵は走った。
中間が喜平の行き先を突き止めようとしているのなら、怪しまれずに追い払う。
才蔵は秘かに決め、鳥居の陰から境内に喜平と中間を捜した。
喜平と中間は、境内の隅にいた。
才蔵は、思わず眉をひそめた。
喜平と中間は、境内の隅で何事か言葉を交わしていた。
内通者……。
才蔵は、白崎英之進が先代の月命日に市谷御門外の祥雲寺に行く事を、喜平がどうして知ったのか気が付いた。
喜平は、白崎家の中間の一人を内通者に仕立て上げていたのだ。
才蔵は、喜平の抜かりの無さに感心した。そして、焦りを覚えた己を思い出した。
どうやら俺は、黒木純之助と喜平の企てが成就するのを秘かに願っているようだ。
才蔵は苦笑した。
不忍池の小島にある弁財天《べんざいてん》には、多くの参拝客が行き交っていた。
黒木純之助は、不忍池の畔を谷中に向かっていた。
谷中の岡場所の遊女に逢いに行く……。
喬四郎の勘が囁いた。
遊女は何者なのだ……。
喬四郎は、遊女の素性と正体を突き止める事にした。
谷中の岡場所は、昼間から遊女と遊びたいと云う客で賑わっていた。
黒木純之助は物陰に潜み、女郎屋の見世を見詰めていた。
女郎屋の見世の隅には、細面の遊女が俯き加減に座っていた。

黒木は女郎屋にあがる事もなく、哀しみと怒りの入り混じった眼を向けていた。

よし……。

喬四郎は、女郎屋に向かった。


「失礼します……」

細面の遊女が、酒と肴《さかな》を持って座敷にやって来た。

「やあ……」

喬四郎は笑顔で迎えた。

「初音《はつね》と申します」

細面の遊女は名乗った。

「初音か……」

〝初音〟は遊女としての源氏名であり、本名は違う。

「さあ、どうぞ……」

初音は、喬四郎に酒を勧めた。

「うむ……」

喬四郎は、初音の酌で酒を飲んだ。

「初音も一杯どうだ」

「いいえ。私は無調法でして……」

初音は酒を断り、帯を解き始めた。

そこには、嫌な事を早く終わらせたいとの願いが滲んでいた。

「それには及ばないよ」

「えっ……」

初音は戸惑った。

「ちょいと訊きたい事があってね……」

「お待さま……」

初音は、微かな緊張を過《よ》ぎらせた。

「小普請組の黒木純之助と云う御家人、知っているかな」

喬四郎は、初音を見据えて尋ねた。

「黒木純之助さま……」

初音は、喬四郎を思わず見返した。

知っている……。

喬四郎は見定めた。

「知っているね」

喬四郎は念を押した。

「はい……」

初音は頷いた。

「どんな拘りかな」

「そ、それは……」

初音は躊躇《ためら》った。

それは、自分の素性を知られたくないと云う躊躇いだった。

「云えないか……」

「黒木さま、何かしたのでございますか……」

初音は、心配げに尋ねた。

「うむ。黒木は己の上役たちを秘かに殺している……」

「黒木さまが上役を……」

初音は、声を引き攣らせた。

それは、衝《つ》き上がる衝撃を必死に抑えた証《あかし》なのだ。

「左様。上役たちは悪辣な奴らでな、役目に就きたいと願う配下の小普請組の者たちに金品を要求している外道だ」

喬四郎は吐き棄てた。

「外道……」

「如何にも、恨まれ殺されても仕方のない奴らとも云えるのだが、私は黒木が何故、事に走ったかが知りたくてな。何か知っている事があれば、教えて貰いたい」

喬四郎は頼んだ。

「そうでしたか……」

初音は吐息を洩らし、そっと眼を瞑《つぶ》った。

「黒木さまと子供の頃から仲の良かったやはり小普請組の友が、御役目に就きたい一心でお金の工面をしていました……」

初音は、眼を瞑ったまま思い出すかのように静かに話し始めた。

「ですが、お金は思うように工面が出来ず、黒木さまの友は苦しんでいました。見兼ねた妻は……」

初音は、言葉を途切れらせた。

「女郎屋に身を売ったか……」

喬四郎は眉をひそめた。

「はい……」

初音は、瞑った眼尻《めじり》に涙を滲ませた。

自分の事を語っている……。

喬四郎は読んだ。

「そして、黒木さまの友は、漸く工面出来たお金を上役たちに差し出したのです。ですが、上役たちはお金を受け取ったまま、御役目に関しては梨の礫《つぶて》。その内、御役目の話など最初からなかったかのように……」

初音は、哀しげに声を震わせた。

「黒木の友は、上役に訴えなかったのか……」

喬四郎は尋ねた。

「訴えました。訴えましたが、上役は惚けるばかりだったとか……」

「それで、黒木の友は……」

「身売りした妻に申し訳ないと、腹を、腹を切りました……」

初音の瞑った眼から、堪《こら》えていた涙が零《こぼ》れ落ちた。

切腹した黒木の友は佐々木和馬であり、初音は女郎屋に身を売った妻なのだ。

佐々木和馬の切腹には、惚ける上役に対する抗議と、身売りした妻への詫《わ》びが込められていたのだ。

黒木純之助は、友の佐々木和馬と妻を哀れみ、その無念を晴らそうとしているのだ。

それだけではない……。

喬四郎は、黒木純之助が凶行に走った理由を知った。

黒木純之助は、友である佐々木和馬の妻を秘かに慕っていた。そして、それは今でも続いているのかもしれない。

初音という源氏名の遊女になっても……。

黒木純之助は、初音と云う遊女になった友の妻に惚れているのだ。

喬四郎は気付いた。

四

外濠は煌めいていた。

喜平は、若宮八幡宮で白崎屋敷の中間と別れ、新坂《しん》を下って外濠に出た。

才蔵は追った。

喜平の塒を突き止める……。

才蔵は、外濠沿いの道を行く喜平を慎重に追った。

喜平は、外濠沿いの道を市谷御門に向かった。

市谷御門……。

明日、白崎英之進が先代の月命日に行く祥雲寺に下見に行くのかも知れない。

白崎屋敷の中間に逢ったのは、白崎英之進の明日の動きに変わりがないか確かめたのだ。

才蔵は読んだ。

喜平は、船河原町《ふなかわら》から市谷田町を抜け、市谷御門前の左内坂《さない》の前に佇んだ。

才蔵は見守った。

喜平は、左内坂を見上げた。

左内坂の東には定火消御役屋敷《じょうびけし》があり、西には八幡町《はちまん》と幾つかの寺があった。

喜平は、辺りを窺いながら左内坂をあがり始めた。

白崎英之進を襲う場所を探しているのか……。

才蔵は窺った。

喜平は、左内坂をあがって祥雲寺の前に立ち止まり、振り返った。

才蔵は、素早く身を隠した。
喜平は、左内坂を鋭い眼差《まなざ》しで見下ろした。
左内坂で襲うつもりか……。
才蔵は読んだ。
喜平は、祥雲寺の山門を潜った。
才蔵は、物陰を出て左内坂を足早にあがった。
喜平は、祥雲寺の境内で竹箒を手にした寺男と何事かを話していた。
明日、白崎英之進が本当に来るのか確認しているのだろうか……。
もしそうなら、喜平は念には念を入れる慎重な忍びだ。
才蔵は知った。

喬四郎は、女郎屋から出て黒木が潜んでいた処を見た。
黒木は姿を晒《さら》し、緊張した面持ちで喬四郎を見詰めていた。
どうした……。
喬四郎は、黒木に徒《ただ》ならぬものを感じた。

黒木は、喬四郎を誘うように天王寺に向かった。

喬四郎は続いた。


天王寺の境内に参拝客は少なかった。

黒木は、境内の隅に立ち止まった。

「俺に用か……」

喬四郎は尋ねた。

「おぬし、初音の客だな……」

黒木は、背を向けたまま訊いた。

「良く分かったな」

「おぬしが女郎屋に入り、直ぐに初音が見世から消えた。誰でも分かる事だ」

黒木は振り返った。

哀しげな面持ちだった。

「だったら、どうだと云うのだ」

喬四郎は、黒木を見据えた。

「もし、もし初音に惚れているのなら、身請して幸せにしてやって戴《いただ》きたい」

「おぬし……」

喬四郎は眉をひそめた。

「それだけだ」

黒木は、喬四郎に深々と頭を下げて踵《きびす》を返そうとした。

「惚れているのか……」

喬四郎は、黒木の背に告げた。

黒木は立ち止まった。

「惚れているなら、おぬしが幸せにしてやれば良いだろう」

喬四郎は告げた。

黒木は振り返り、喬四郎に哀しげな一瞥《いちべつ》を残して立ち去った。

喬四郎は見送った。

明日、白崎英之進を討ち果たすつもりの喬四郎は、惚れた初音に最後の別れに来た。

喬四郎は睨んだ。

天王寺の鐘が申《さる》の刻七つ（午後四時）を鳴らし始めた。

牛込弁天町《べんてんちょう》は神楽坂をあがって通寺町、末寺町《すえでらまち》、矢来下、榎町《えのきちょう》を進んだ先にある。

小さな古寺は、その牛込弁天町の片隅にあった。

喜平は、市谷御門前の祥雲寺から神楽坂に戻り、牛込弁天町の小さな古寺に入った。

才蔵は見届け、強いられた緊張を解いて大きな溜息《ためいき》を吐いた。

小さな古寺の山門には、『光明寺《こうみょうじ》』と書かれた墨の薄れた扁額《へんがく》が掛かっていた。

光明寺の狭い境内は、綺麗に掃除がされて植木も手入れが行き届いていた。そして、庫裏の横手の井戸端では寺男が仕事をしていた。

喜平は用があって来たのか、それとも此の寺が塒なのか……。

才蔵は窺った。

用があって来たのなら、やがては出て来る。

塒なら出ては来ない。

見定めるには待つしかない……。

才蔵は、光明寺の山門が見える物陰に潜んだ。

光明寺から出て来る者はいなかった。

薬売りの行商人がやって来て、光明寺に入って行った。

夕陽が沈み始めた。

居酒屋は雑多な客で賑わっていた。

喬四郎と才蔵は、片隅で酒を飲み、飯を食べていた。

「で、喜平は光明寺から出て来なかったか……」

喬四郎は酒を飲んだ。

「ええ……」

才蔵は頷いた。

「ならば、喜平の塒は光明寺だと見ていいだろう」

「寺が塒か……」

才蔵は眉をひそめた。

「うむ。で、光明寺に他の寺と違う処はあるのか……」

「いや。取り立てて変わった処はないが、喜平に続いて薬売りの行商人が入って行き、やはり出て来る事はなかった」

才蔵は酒を飲んだ。

「喜平に薬売りの行商人か……」

喬四郎は眉をひそめた。

「ええ。光明寺、商人宿のような真似をしているのかもしれぬ」

才蔵は読んだ。

「それとも、喜平のような忍びの者の宿なのかもな……」

喬四郎は読んだ。

「忍び宿……」

才蔵は、厳しさを過ぎらせた。

「うむ……」

喬四郎は頷いた。

忍び宿とは、忍びの者の塒でもあり、手裏剣や火薬玉などの忍びの道具を調達する処だ。

「それで、掃除や手入れに念を入れ、近所の者に怪しまれぬようにしているか……」

才蔵は、光明寺の綺麗な境内や落ち着きを思い出した。

「うむ。ま、光明寺が忍び宿かどうかは、別の話だ。とにかく、喜平の塒は牛込弁天町の光明寺だ」

喬四郎は見定めた。

「うん。で、黒木純之助はどうした……」

「うむ。谷中の遊女の顔を見に行った」

「谷中の遊女……」

「今生の見納めと云う処か……」

「黒木とその遊女との拘り、詳しく分かったのか……」

「うむ……」

喬四郎は頷き、遊女の初音に聞いた話とその後の黒木の動きを教えた。

「哀れな話だな……」

才蔵は酒を飲んだ。

「ああ……」

喬四郎は頷いた。

とにかく明日だ……。

明日、黒木と喜平の白崎英之進襲撃をどう始末するかだ。

白崎英之進を助けるか、黒木純之助の想いを叶えさせるか……。

喬四郎は、己が何をすべきか思案した。

白崎家の先代当主の月命日の日になった。

白崎屋敷の表門が軋《きし》みあげて開き、留守居の家来と中間たちが居並んだ。

武家駕籠《かご》が桑原たち供侍《ともざむらい》を従え、留守居の家来と中間たちに見送られて表門から出て来た。

武家駕籠には、主である小普請組支配の白崎英之進が乗っている。

喬四郎は見定めた。

白崎の乗った武家駕籠は、家来や中間たちに見送られて新坂を進んで外濠に向かった。

秘かに追う者はいるか……。

喬四郎は、黒木と喜平の姿を捜した。

しかし、黒木や喜平は無論、白崎一行を追う者はいなかった。

何処で襲うのか……。

喬四郎は、白崎一行を追った。

白崎一行は、外濠沿いの道に出て市谷に進んだ。

喬四郎は追った。

白崎英之進を乗せた武家駕籠は、供侍たちに護《まも》られて外濠沿いを進んだ。

喬四郎は、周囲を警戒しながら白崎一行を追った。

黒木と喜平が現れる気配はない。

左内坂で待ち伏せをしている……。

喬四郎は睨んだ。


左内坂は、市谷御門の手前の西にある。

白崎家菩提寺の祥雲寺は、左内坂をあがった処にあった。

白崎一行は、左内坂をあがり始めた。

喬四郎は、白崎一行があがって行く左内坂を窺った。

才蔵が現れた。

「どうだ……」

喬四郎は、左内坂の情況を訊いた。

「うん。黒木と喜平が坂の上で待ち伏せしている」

才蔵は告げた。

「やはりな……」

「どうする……」

才蔵は、喬四郎の指示を仰いだ。

「黒木純之助の好きにやらせる。仮令《たとえ》想いが叶おうが、叶うまいが……」

喬四郎は、冷徹に云い切った。

「じゃあ、俺も好きにやらせて貰うかな」

才蔵は、笑みを浮かべた。

「いいだろう……」

喬四郎は頷いた。

「じゃあ……」

才蔵は、傍らの家の屋根に跳んだ。そして、連なる家並みの屋根を跳び継いで左内坂をあがって行った。

才蔵がどうするかは分からない……。

喬四郎は苦笑し、左内坂をあがった。

白崎英之進を乗せた武家駕籠は、供侍たちを従えて左内坂をあがって祥雲寺に近付いた。

菅笠を被った百姓姿の喜平が坂の上に現れ、左内坂の端を下り始めた。そして、あがって来た白崎一行と擦れ違った。

刹那、喜平は手裏剣を放った。

二人の供侍が、手裏剣を受けて倒れた。

桑原たち供侍は、激しく狼狽えた。

喜平は、供侍たちに大苦無《くない》を閃《ひらめ》かせた。

供侍たちは次々に倒れた。

喜平は手裏剣を投げ、大苦無を振るって武家駕籠と供侍たちを分断した。

「寺に。祥雲寺に……」

供侍頭が焦り、陸尺《ろくしゃく》たちに怒鳴った。

白崎を乗せた武家駕籠は、供侍頭と桑原に護られて祥雲寺の山門に急いだ。

祥雲寺の山門の前には、黒木純之助が佇《たたず》んでいた。

「退け、退け……」

供侍頭が怒鳴った。

次の瞬間、黒木は抜き打ちに供侍頭を斬った。

供侍頭は、血を飛ばして仰《の》け反《ぞ》った。

陸尺たちは、武家駕籠を放り出して逃げた。

「お、おのれ、曲者《くせもの》……」

桑原は、怯《ひる》みながらも刀を抜いて武家駕籠を護ろうとした。

「貰い受けるは白崎英之進の命のみ、邪魔立てするな」

黒木は、桑原を蹴り飛ばして武家駕籠に迫った。

武家駕籠の戸が開き、初老の肥《ふと》った武士が転がり出て逃げようとした。

「おのれ、白崎英之進、佐々木和馬の無念を晴らす」

黒木は、初老の肥った白崎に追い縋った。

「や、止めろ……」

白崎は、嗄れ声と肥った首の肉を震わせた。

黒木は、白崎の喉《のど》を鋭く突き刺した。

白崎は眼を瞠《みは》って硬直し、喉から血を噴き上げて仰向けに倒れた。

黒木は、笑みを浮かべた。

次の瞬間、桑原が黒木を背後から斬った。

黒木は、背中を斬られて思わず膝《ひざ》をついた。

「曲者……」

桑原は、黒木に震える刀で二の太刀を浴びせようとした。

刹那、現れた喬四郎が桑原を斬り棄てた。

桑原は崩れ落ちた。

「白崎英之進は死んだ。もう良いだろう」

喬四郎は、白崎英之進の生死を見定めた。

「お、おぬし……」

黒木は困惑した。

「話は後だ」

喬四郎は、深手を負った黒木を助け起こして祥雲寺に駆け込んだ。

喜平は、供侍たちを次々に倒した。しかし、老いた喜平の体力にも限りがあり、無数の手傷を負っていた。

喜平は供侍たちに取り囲まれ、息を荒く鳴らした。

手裏剣は投げ尽くした。

炮烙玉《ほうろくだま》を投げた処で、供侍たちを振り切る体力があるかは分からない。

此迄か……。

喜平は覚悟を決めた。

刹那、才蔵が飛び込んで来て供侍たちを蹴散らした。

「後は引き受けた。逃げろ……」

才蔵は、喜平に告げた。

喜平は、老いた顔に微かな戸惑いを浮かべて頷き、逃げた。

才蔵は、猛然と供侍たちと斬り結んだ。

喬四郎は、背中を斬られた黒木を連れて祥雲寺の墓地に逃げ込んだ。

黒木は、息を荒く鳴らした。

「止《とど》めを。頼む、止めを……」

黒木は死ぬ覚悟を決め、息を荒く鳴らしながら喬四郎に止めを刺してくれと頼んだ。

「焦るな。深手だが、医者に診せれば、命は取られぬだろう」

喬四郎は、黒木の背中の傷を検め、応急手当をした。

「おぬし、何者だ……」

「俺は公儀の者だ……」

「公儀……」

黒木は戸惑った。

「うむ。此を……」

喬四郎は、紫色の袱紗《ふくさ》に包んだ切《き》り餅《もち》を差し出した。

「此の金は……」

黒木は困惑した。

「白崎が祥雲寺に渡す筈の御布施だ。金を騙《だま》し取られた佐々木和馬の妻を身請して
も文句はあるまい」

喬四郎は笑った。

「ゆ、由衣《ゆい》どのを……」

黒木は、困惑を浮かべながらも切り餅を受け取った。

喬四郎は、遊女初音の本名が由衣と知った。

「左様。早々に身請して一緒に江戸から消えるが良い……」

喬四郎は勧めた。

「しかし……」

黒木の顔には、困惑と迷いが入り混じった。

「小普請組黒木純之助は小普請組支配の白崎英之進を討ち取ったが、家来に斬られて逃げ、死んだ」

喬四郎は告げた。

「私は死んだ……」

黒木は、喬四郎を見詰めた。

喬四郎は微笑んだ。

風が吹き抜け、木洩れ日が煌めいた。


江戸城御休息御庭の四阿には、吉宗と御庭之者の倉沢喬四郎がいた。

喬四郎は、小普請組支配組頭の吉田主膳と加島紋十郎の死の真相を告げた。そして、小普請組支配白崎《しらさき》英之進が、配下の黒木純之助に斬り殺された事とその経緯の仔細《しさい》を報せた。

吉宗は眉をひそめた。

「すべては、白崎、吉田、加島の役目を嵩《かさ》に懸かり横暴が招いた事か……」

吉宗は眉をひそめた。

「御意……」

喬四郎は頷いた。

「分かった。して、黒木純之助は如何《いかが》致した」

吉宗は、喬四郎を見据えた。

「白崎を斬った後、白崎の供侍に斬られ……」

「死んだか……」

吉宗は読んだ。

「左様にございます」

喬四郎は、黒木純之助の始末を秘密にし、吉宗を見詰めて頷いた。

「そうか。良く分かった」

吉宗は、微かな苦笑を過ぎらせた。

気付いている……。

吉宗は、黒木純之助の始末の秘密に気付いているのかもしれない。

喬四郎の勘が囁いた。

「はっ。畏《おそ》れ入ります……」

喬四郎は平伏した。

何れにしろ、吉宗に命じられた加島と吉田の死の真相を突き止める探索は終わった。

「処で喬四郎……」

「はい……」

「日本橋室町《にほんばしむろ》の茶道具屋に賊が押込み、二千両の金を奪った……」

「賊が二千両の金を……」

「南町《みなみまち》奉行の大岡忠相《おおおかただすけ》の話では、賊の素性は分からぬが、忍びの者がいるそうだ……」

「忍びの者……」

喬四郎は、微かな緊張を覚えた。

「うむ。探ってみろ……」

吉宗は命じた。

「はっ……」

喬四郎は、新たな命を受けた。

第二章　忍び宿

一

夜の庭には虫の音が響いていた。

「そうか、終わったか……」

倉沢家の隠居の左内は、喬四郎の話を聞き終えて酒を飲んだ。

「はい……」

喬四郎は、佐奈の酌で酒を飲んだ。

「それにしても、小普請組の方々は厳しい日々を過ごされているのですね」

佐奈は眉《まゆ》をひそめた。

「うむ……」

喬四郎は頷《うなず》いた。

「して喬四郎、小普請組支配の白崎や組頭の加島と吉田の家の始末はどうなった」

「はい。役目を嵩《かさ》に配下を誑《たぶら》かして怨《うら》みを買い、殺されたのは武士としてあるまじき悪行と不覚。そして、公儀に嘘偽りを申し立てたのは許し難き所業とし、三家とも取り潰《つぶ》しとなりました」

喬四郎は告げた。

「うむ。流石は上様。小普請組の者たちも此《これ》で浮かばれるだろう」

左内は、吉宗と公儀の仕置に頷いた。

「はい……」

喬四郎は頷いた。

「おや、そうでしょうか……」

姑《しゅうとめ》の静乃が、酒と肴《さかな》を持って来た。

「何だ、静乃、不服があるのか……」

左内は眉をひそめた。

「元はと云えば、そのような人品卑しき者を小普請組の重い役目に就けた上様の人を見る眼のなさが悪いのです」

静乃は、辛辣《しんらつ》に云い放った。

「し、静乃、滅多《めった》な事を云うのではない」

左内は慌てた。

「おや、そうですか。婿殿は如何《いかが》、お思いですか……」

静乃は、鉾先《ほこさき》を喬四郎に向けた。

「はい。義母上《ははうえ》の仰《おっしゃ》る通りかと存じます」

喬四郎は、静乃の意見に頷いた。

「流石、若い人は古臭い年寄りとは違いますねえ。さあ、どうぞ……」

静乃は、左内を横目に喬四郎に徳利《とっくり》を差し出した。

「畏《おそ》れ入ります」

喬四郎は、苦笑しながら酌を受けた。

「お前さまも飲みますか……」

静乃は、惚《とぼ》けた顔で左内に訊《き》いた。

「当たり前だ」

左内は、腹立たしげに猪口《ちょこ》を差し出した。

「では……」

静乃は、左内に酌をした。

「う、うむ……」

左内は、静乃の酌を受けた。

二人の間には、互いの隙を窺《うかが》う剣客のような気配が流れた。

喬四郎と佐奈は、顔を見合わせて苦笑した。

寸鉄人を刺す……。

倉沢家の家族は、漂う言い知れぬ緊張感を楽しんだ。

虫の音は響き続けた。


日本橋室町の茶道具屋『一心堂《いっしんどう》』は、盗賊に押込まれて二千両もの大金を奪われながらも、暖簾《のれん》を出していた。

古い看板と御用達《ごようたし》の金看板……。

一心堂は、江戸でも名高い老舗《しにせ》茶道具屋らしい店構えを保っていた。

喬四郎は、一心堂を眺めた。

「流石は老舗茶道具屋の一心堂。盗賊に二千両を奪われた処でどうって事はないか……」

才蔵は感心した。

「ま、そんな処かもな……」

喬四郎は苦笑した。

「で、押込んだ盗賊、何処の誰か分かっているのか……」

「うむ。南町奉行所の話では、押込み先の金蔵に鬼火《おにび》の絵柄の千社札《せんじゃふだ》を残していく盗賊の一味だそうだ」

「鬼火の千社札か……」

「うむ。大岡越前守《えちぜんのかみ》さまによれば、江戸に初めて現れた盗賊で名や素性は分からぬが、一味に忍びの者がいるそうだ……」

「忍びの者……」

才蔵は、老忍びの喜平を思い浮かべた。

「うむ。おそらく何処かの抜け忍かはぐれ忍びだろうが、盗賊一味に忍びの者がいるとなれば、何かと都合が良いだろう」

喬四郎は苦笑した。

「ああ。元々は透波《すっぱ》乱波《らっぱ》と呼ばれた盗賊紛《まが》いの間者。俺もいつかは試してみたいと思っているよ」

才蔵は、悪戯《いたずら》っぽい笑みを浮かべた。

「馬鹿な事を云うな。それより才蔵、喜平はどうしている」

喬四郎は、黒木純之助に雇われて小普請組支配組頭の加島と吉田の心の臓に針を打ち込んで殺し、白崎闇討ちの時に供侍《ともざむらい》を食い止めた老忍びの喜平の動きを尋ねた。

「牛込弁天町の光明寺で手傷の治るのを待っている」

才蔵は、左内坂での白崎英之進闇討ちの時、供侍たちと闘う喜平を助けた。以来、才蔵と喜平は同じ忍びの者として親しくなっていた。

「ならば、喜平に引き合わせて貰《もら》おうか……」

喬四郎は頼んだ。

「引き合わせる……」

才蔵は眉をひそめた。

「うむ。光明寺に盗賊一味の忍びの者を知っている奴がいるかもしれぬ」

「喜平の口利きで、光明寺に潜り込んで探るか……」

「うむ……」

喬四郎の睨《にら》み通り、光明寺は忍びの者たちの宿だった、
喜平たち忍びの者は、光明寺を塒《ねぐら》にして武器を整え、様々な者に金で雇われて忍び仕事をしていた。

喜平は、伝手《つて》を頼りに光明寺を訪れた黒木純之助に僅《わず》かな金で雇われた。

そこには、黒木や切腹した佐々木和馬たち小普請組の者たちに対する忍びの者らしくない同情があった。

何《い》れにしろ、喜平は黒木純之助に僅かな金で雇われ、加島と吉田を秘《ひそ》かに殺して白崎を討ち果たす助太刀をしたのだ。そして今、手傷を負って光明寺で養生をしていた。

光明寺に潜り込む……。

喬四郎は、光明寺を塒にしている喜平を始めとした忍びたちに盗賊の鬼火を知るか、拘《かかわ》りのある者がいると睨んだ。

牛込弁天町の片隅にある居酒屋は、日暮れと共に職人やお店《たな》者たちで賑《にぎ》わった。

才蔵は、喜平を呼び出して居酒屋に落ち着いた。

「どうだい、傷の具合は……」

「お陰さまでもう治ったようだ」

喜平は、穏やかな笑みを浮かべた。

「そいつは良かった」

「おまちどおさま……」

若い衆が酒と肴を持って来た。

「おう。じゃあ、快気祝いだ」

才蔵は、喜平と自分の猪口に酒を満たした。

「先《ま》ずは目出度《めでた》い」

「ああ。いろいろ忝《かたじけ》ねえ」

喜平と才蔵は、酒を飲み始めた。

僅かな時が過ぎた。

「おう。才蔵じゃあねえか……」

浪人姿の喬四郎が、才蔵に声を掛けた。

「こりゃあ、兄貴……」

才蔵は迎えた。

「構わねえか……」

喬四郎は、才蔵の隣を示した。

「ええ……」

「邪魔をする」

喬四郎は、喜平に挨拶《あいさつ》をして座り、店の若い衆に酒を頼んだ。

喜平は、喬四郎を警戒するかのように見詰めていた。

「喜平さん、こっちは俺の兄貴分だ」

才蔵は、喜平に喬四郎を引き合わせた。

「喜平さんか、俺は根来《ねごろ》の喬四郎って者だ」

喬四郎は、笑みを浮かべて名乗った。

「根来の喬四郎さんか……」

喜平は、探る眼を向けた。

「ああ……」

「根来の抜け忍か……」

喜平は、喬四郎を見据えた。

「抜け忍と云うか、御館《おやかた》が死んでから組の者はばらばらになっちまってな。今じゃあ、はぐれ忍びだ」

喬四郎は苦笑した。

「才蔵さんと同じか……」

喜平は、微《かす》かな安堵《あんど》を過《よ》ぎらせて笑った。

喬四郎は、才蔵が喜平に告げた素性をなぞったのだ。

「ああ。宜《よろ》しくな……」

喬四郎は、若い衆の持って来た酒を飲み始めた。

「兄貴。喜平さんは未《ま》だ未《ま》だ達者なんだぜ」

才蔵は、感心したように告げた。

「そいつは凄《すご》いな。喜平さんは何処の……」

「風魔《ふうま》の流れだ」

喜平は囁《ささや》いた。

「ほう。風魔か……」

〝風魔〟とは箱根《はこね》に生まれた忍びの集団であり、小田原《おだわら》の北条《ほうじよう》氏に仕えたと云われている。

「ああ。今は名ばかりの忍びの流派だ」

喜平は苦笑した。

「何処も同じか……」

喬四郎は、自分たちを嘲笑《ちようしよう》した。

「ああ。足を洗う者、はぐれ忍びとして金で雇われて働く者、忍びの技を使って盗人《ぬすっと》になる者。戦のない泰平の世に忍びの者など無用の長物。細々と食い繋《つな》いでいくしかないさ」

喜平は笑った。

「そうか、足を洗うか、はぐれ忍びになるか、盗人になるかか……」

「ああ。貧すれば鈍すって奴だ……」

「いるのかな、盗人になるような奴……」

乔四郎は、それとなく探りを入れた。

「いるよ……」

喜平は短く答えるだけで、深く触れようとはしなかった。

「そうか。やっぱりいるのか……」

乔四郎は、尤《もっと》もらしい顔で頷いた。

「何か聞いたのかい」

「ああ。噂をな」

乔四郎は、喜平の気を惹《ひ》いた。

「噂……」

喜平は眉をひそめた。

「う、うむ。日本橋の大店《おおだな》に盗賊が押込んだそうでな。その盗賊の中に忍びの者がいるって噂だ」

喬四郎は眉をひそめた。

「喬四郎さん、そいつはどんな盗賊だい」

喜平は、喬四郎を見詰めた。

「さあ、詳しい事は……」

喬四郎は首を捻《ひね》った。

「分からないか……」

「ああ。喜平さんには心当りがあるのか……」

喬四郎は聞き返した。

「いや、心当りなどねえが、ちょいと気になってな……」

喜平は、言葉を濁して酒を飲んだ。

心当りがある……。

喬四郎は、喜平の腹の内を読んだ。

「どうだ。俺たちも三人でやってみるか、押込み……」

才蔵は、喜平と喬四郎に悪戯っぽく笑い掛けた。

「才蔵、盗賊なんて、はぐれ忍びとしての腕が売れなくなってからだ。今は未だ其《そ》処《こ》まで落ちぶれちゃあいねえ」

喬四郎は苦笑した。

「俺もだよ。才蔵さん……」

喜平は笑った。

居酒屋は賑わった。

喬四郎、才蔵、喜平は、楽しげに酒を飲み続けた。

野太い声で読まれる経は、光明寺に朗々と響き渡っていた。

喬四郎は、寝たまま辺りの様子を窺った。

その昔、修行僧が暮らしていたと云う古い宿坊の狭い部屋の障子は昇る朝日に白み、薬湯の臭いが漂っていた。

薬湯の臭いは、喜平が手傷を負って養生していた名残なのだ。

喬四郎は気付いた。

隣に寝た喜平は、既に蒲団《ふとん》から出ていなかった。

前の夜、喬四郎と喜平は弁天町の居酒屋で酒を飲んだ。

才蔵はいつの間にか消え、喬四郎は喜平に頼んで塒の光明寺に泊めて貰った。

そして翌朝、喬四郎は朗々と響く経を聞いていた。

戸口に人の気配がした。

喬四郎は、刀を引き寄せた。

「やあ、眼が覚めたかい……」

戸口が開き、喜平が鍋《なべ》と椀《わん》を持って入って来た。

「ああ……」

喬四郎は身を起こし、朗々と響いている経を気にした。

「住職の道庵《どうあん》和尚だよ」

喜平は苦笑し、鍋の蓋《ふた》を取った。

湯気が立ち昇り、雑炊の匂いが漂った。

「雑炊だ。美味《うま》いぞ」

喜平は、雑炊を椀に装《よそ》い始めた。

「道庵和尚ってのは……」

「出羽《でわ》の人でね。雲水《うんすい》として諸国を巡り歩き、無住だった此《こ》の光明寺に落ち着いた
そうだ」

喜平は、雑炊を装った椀を喬四郎に差し出した。

おそらく道庵和尚は、はぐれ忍びの雲水として諸国で様々な仕事をして来たのだ。

「忝い。引き合わせて貰えるかな、道庵和尚に……」

喬四郎は頼んだ。

「ああ……」

喜平は頷き、椀に盛った雑炊を啜《すす》った。

喬四郎も雑炊を食べ始めた。

槌《つち》を打つ音がした。

「近くに鍛冶《かじ》屋でもあるのか……」

喬四郎は眉をひそめた。

「ああ、ありゃあ、薬屋が必要な道具を作っているんだろう」

喜平は、事も無げに云った。

「薬屋……」

喬四郎は眉をひそめた。

「ああ、行商の薬屋でね。はぐれ忍びだ」

「ほう。で、必要な道具を作るとは……」

「此の宿坊の隣に作事小屋があってな。手裏剣や合鍵《あいかぎ》なんかを作っているんだぜ」

「成る程……」

喬四郎は感心して見せた。

「ま、俺たちのようなはぐれ忍びには、何かと好都合な忍び宿だ」

喜平は笑った。

「忍びの流派は問わないのか……」

「はぐれ忍びは、既に流派を棄てて皆が俺流だ。流派など拘りない……」

喜平は、雑炊のお代りをした。

「そうか。じゃあ光明寺、忍び宿として繁盛しているんだろうな」

喬四郎は読んだ。

「ああ。そいつはもう。だが、道庵和尚が気に入り、しっかりした請人がいないと……」

「出入りは許されないか……」

「ああ……」

「そいつは心配だな」

喬四郎は、不安を過ぎらせた。

「なあに、根来の喬四郎さんは大丈夫だ」

「喜平さんが請人になってくれるか……」

喬四郎は微笑んだ。


光明寺住職道庵は、朗々とした経を読むとは思えない痩《や》せた小柄な老人だった。

喜平は、道庵の経が終わったのを見計らって喬四郎を本堂に誘った。

「御勤め御苦労さま。和尚、こちらがさっき話した根来の喬四郎さんだ」

喜平は、喬四郎を道庵に引き合わせた。

「根来の喬四郎と申す……」

喬四郎は、道庵に頭を下げた。

「拙僧は道庵……」

道庵は、禿頭《はげあたま》を光らせて喬四郎を見詰めた。

喬四郎は、道庵を見返した。

道庵は、筋張った首の喉仏《のどぼとけ》を上下させた。

喬四郎は笑った。

「喜平さん、面白そうなお人だな」

道庵は、笑みを浮かべた。

「ああ。儂《わし》を助けてくれた才蔵さんの兄貴分だそうだ……」

「ならば、根来のはぐれ忍びか……」

道庵は頷いた。

「うむ。儂が請人になる。光明寺の出入りを許してやってくれ」

喜平は頼んだ。

「他ならぬ風魔の喜平さんの頼みだ。出入りは許すが、一つ仕事をして貰えぬかな」

道庵は、喬四郎に笑い掛けた。

試す気だ……。

喬四郎は睨んだ。

「どうかな、喬四郎さん……」

喜平は、喬四郎に返事を促した。

どのような仕事かは分からぬが、躊躇《ためら》ってはいられない。

「良いだろう。引き受けよう……」

喬四郎は笑みを浮かべた。

「そうか、ありがたい……」

道庵は頷いた。

「して、どんな仕事をすれば良いのだ」

喬四郎は尋ねた。

「そいつなのだが、深川十万坪《ふかがわじゅうまんつぼ》の空き家に巣くって、辻《つじ》強盗に強請集《ゆすりたか》り、おなごを手込めにする乱暴狼藉《ろうぜき》を働く無頼の浪人どもがいてな。そいつらを五両で始末して欲しい」

道庵は、何者かに五両以上の礼金で頼まれ、はぐれ忍びに仕事としてさせていた。

「心得た……」

喬四郎は頷いた。

道庵は、喬四郎の人柄と忍びの腕を見定めようとしている。

先ずは乗ってみるしかない……。

喬四郎は覚悟を決めた。

深川小名木《おなぎ》川は、大川《おおかわ》から下総行徳《しもうさぎょうとく》を結ぶ川であり、荷船が塩などを運んでいた。

喬四郎は、喜平の漕《こ》ぐ猪牙舟《ちょきぶね》に乗って小名木川を東に進んだ。

喜平は、請人として喬四郎の初仕事を後見すると共に見張るつもりなのだ。

交差している横川《よこ》を抜けて尚《なお》も進むと、やがて南側に広がる田畑が見えて来た。
埋め立て地だ……。
喜平は、猪牙舟を小名木川が交差している横十間堀《よこじつけんぼり》を南に進めた。
八《はち》右衛《え》門《もん》新田から十万坪……。
周囲の景色は、緑の田畑だけになった。
無頼の浪人共は、十万坪にある空き家になった百姓家を塒にしている。
緑の田畑に小鳥が遊んでいる。
長閑《のどか》だ……。
喬四郎は、眼を細めて緑の田畑を眺めた。
長閑さの中には、得体の知れぬ殺気が秘められている。
喬四郎は、冷徹な笑みを浮かべた。

二

田畑の中を流れる小川には小さな船着場があり、猪牙舟が繋がれていた。そして、その奥に古い百姓家があった。

無頼浪人たちの塒だ。

「あそこだな……」

喬四郎は、古い百姓家を眺めた。

「ああ……」

喜平は、喬四郎を乗せた猪牙舟を小さな船着場に着けた。

「よし……」

喬四郎は、刀を腰に差して猪牙舟を下りた。

喜平は、猪牙舟を小さな船着場に繋いで続いた。


古い百姓家は静かだった。

喬四郎は、古い百姓家に忍び寄り、格子窓の隙間から中を覗《のぞ》いた。

板の間は薄暗く、酒の匂いが鼻を突いた。

囲炉裏《いろり》端には、三人の浪人が寝ていた。

「三人か……」

喜平は、寝ている浪人を数えた。

「他にもいるだろう……」

喬四郎は、奥の板戸を示した。

おそらく、板戸の奥にも無頼の浪人はいる筈《はず》だ。

喬四郎は読んだ。

「うむ。じゃあ居間に三人、奥に一人。都合四人か……」

喜平は、人数を数えた。

板戸が開き、二人の浪人が出て来た。

「二人だ……」

「ああ。五人だな……」

喬四郎は、奥の部屋から出て来た二人の浪人を見詰めて告げた。

出て来た浪人の一人が、奥の部屋に下卑た笑みを浮かべて何事かを云い、板戸を閉めた。

「いや。奥の部屋に未だ誰かいるようだ」

喬四郎は睨んだ。

「だったら六人か……」

喜平は数えた。

「浪人の仲間とは限らない……」

喬四郎は、浪人が奥の部屋に向かって下卑た笑みを浮かべたのが気になった。

「じゃあ何か、奥の部屋に浪人の仲間じゃあねえ奴がいるのか……」

喜平は眉をひそめた。

「きっと女だ……」

喬四郎は読んだ。

「女……」

喜平は戸惑った。

「ああ。浪人共に拐《かどわ》かされ、慰み者にされているのかもしれない」

「もし、殺し合いになれば、人質の盾にするかもしれないな」

「きっとな……」

「どうする」

喜平は、困惑を浮かべた。

「はぐれ忍びの俺が頼まれた仕事は、無頼の浪人共の始末だけだ。巻添えを作るつもりはない」

喬四郎は、百姓家の裏庭に走った。

喜平は続いた。

裏庭には雑草が生い茂っていた。

古い百姓家の雨戸は閉められていた。

喬四郎は、奥の部屋の雨戸に近付き、中の様子を窺った。

女のすすり泣きが微かに聞こえた。

「女の泣き声だ……」

「睨み通りか……」

「うむ……」

無頼の浪人共を始末するのは、女を助け出してからだ。

喬四郎は、着物の襟元から問外《といかき》を出して雨戸の猿を素早く外した。そして、雨戸を僅かに開けて中を窺った。

薄暗い縁側が続き、破れ障子が閉められていた。

女の泣き声は、破れ障子の向こうの座敷から洩《も》れていた。

「どうする……」

喜平は囁いた。

「女を助ける。喜平さんは逃がしてやってくれ。俺は奴らを始末する」

「一人で大丈夫か……」

「心配無用だ……」

喬四郎は、不敵な笑みを浮かべて古い百姓家に忍び込んだ。そして、破れ障子を開けて薄暗い座敷に入った。

半裸の若い町娘が縛られ、蒲団の上で啜《すす》り泣いていた。

喬四郎は、町娘に近寄って口を押さえた。

町娘は恐怖に眼を瞠《みは》った。

「静かにしろ。助けに来た……」

喬四郎は囁いた。

町娘の恐怖に瞠った眼は、縋《すが》る眼差《まなざ》しに変わった。

喬四郎は、町娘の縄を切った。

「庭に年寄りがいる。一緒に逃げろ」

「はい……」

町娘は、身繕いをしながら頷き、破れ障子を出て裏庭に逃げた。

喬四郎は、喜平が町娘を逃がすのを見届けた。

非道な無頼浪人に容赦は無用……。

喬四郎は、居間に続く板戸の傍に忍び寄った。

居間では、五人の無頼浪人たちが酒を飲んで笑っていた。

喬四郎は、板戸を小さく叩《たた》いた。

無頼浪人の一人が板戸を叩いた音に気が付き、怪訝《けげん》な顔で立ち上がった。そして、座敷に近付き、板戸を開けて覗き込んだ。

刹那《せつな》、無頼浪人の覗き込んだ首に白刃が上から突き刺さった。

無頼浪人は声もあげずに沈んだ。

一人……。

喬四郎は、血に濡《ぬ》れた刀を手にして天井から飛び降りた。

二人目の無頼浪人が、怪訝な面持ちで座敷に入って来た。

「おう。どうした……」

喬四郎は、暗がりから二人目の無頼浪人の胸に刀を叩き込んだ。

二人目の無頼浪人は、驚いたように眼を瞠って凍《い》て付いた。

二人……。

喬四郎は、死んだ二人目の無頼浪人を居間に蹴《け》り飛ばした。

囲炉裏端にいた残る無頼浪人たちは、狼狽《ろうばい》しながらも刀を抜いた。

次の瞬間、飛び込んだ喬四郎が刀を閃《ひらめ》かせた。

閃光《せんこう》が走り、三人目と四人目の無頼浪人が血を振り撒《ま》いて斃《たお》れた。

三人、四人……。

五人目の無頼浪人が逃げた。

喬四郎は、四人目の無頼浪人の刀を拾って投げた。

刀は唸《うな》り、五人目の無頼浪人の背を貫いた。

五人目の無頼浪人は仰《の》け反《ぞ》り、刀に背を貫かれたまま外に出た。

五人……。

喬四郎は、五人の無頼浪人を情け容赦なく斃した。

あっと云う間の出来事だった。


背から胸を刀に貫かれた無頼浪人は、古い百姓家からよろめき出て斃れた。

喬四郎が追って戸口に現れ、無頼浪人の死を見定めて刀を一振りした。

刀は短い音を鳴らし、鋒《きっさき》から血を飛ばした。

喬四郎は、刀を鞘《さや》に納めた。

「鮮やかなもんだな」

喜平が、雑草の中に佇《たたず》んでいた。

「それ程でもない……」

喬四郎は、小さな船着場に繋いであった猪牙舟に向かった。

喜平は、喬四郎を乗せた猪牙舟を巧みに操り、小名木川に向かった。

小川の流れは、眩《まぶ》しく煌《きら》めいた。

「娘は……」

「逃がしたよ」

「何処の誰か訊いたのか……」

「いいや。こんな事は早く忘れちまった方が良い。あの娘も俺たちも……」

喜平は笑った。

優しく穏やかな笑いだった。

「そうだな……」

喜平の云う通りだ……。

喬四郎は頷いた。

娘が自分の身に起きた忌わしい出来事を話さない限り、喬四郎たちの事が世間に洩れる筈はない。

五両で受けたはぐれ忍びの仕事は、無事に終わった。

喜平の漕ぐ櫓《ろ》の軋《きし》みは、広い緑の田畑に甲高く響き渡った。


光明寺住職の道庵は、喬四郎の仕事に満足した。

「仔細《しさい》は喜平さんに聞いた。流石だな……」

道庵は、細い首を伸ばして頷いた。

「気に入ってくれたか……」

「訊く迄《まで》もない……」

道庵は、顔の皺《しわ》を増やした。

「ならば、光明寺の出入りは許してくれるのか……」

「勿論《もちろん》だ……」

「ありがたい……」

「万七《まんしち》……」

道庵は、寺男の万七を呼んだ。

「はい……」

現れた寺男の万七は、やはり忍びの者であり、忍びの道具や火薬玉を巧みに作る中年男だった。

道庵は、喬四郎と万七を引き合わせた。

万七は、喬四郎に探るような眼を向けて頭を下げた。

「宜しく頼む」

喬四郎は、万七に笑い掛けた。

光明寺の小さな宿坊は木賃宿のようになっており、幾つかの小部屋があった。

小部屋は、喜平たちはぐれ忍びの塒になっていた。

今、光明寺には喜平の他に何人かのはぐれ忍びがいるようだ。

はぐれ忍びたちが言葉を交わし、親しくなる事は滅多にない。

雇われ先によっては敵対する事も有り得る。その時、親しくしていれば迷いが浮かび、殺し合いに躊躇いが出て斃される迄だ。

はぐれ忍びたちはそれを恐れ、敢《あ》えて言葉を交わさず、親しくならないようにしていた。

だが、光明寺のはぐれ忍びの中には、鬼火の千社札を残す盗賊一味にいる忍びの者を知っているか、繋がりのある者がいるかもしれないのだ。

喬四郎は、光明寺に出入りする者たちをそれとなく見張り、寺男の万七に近付く事にした。


作事小屋は庫裏の裏にあった。

寺男の万七は、寺の仕事を手早く済ませては、作事小屋に籠《こ》もっていた。

喬四郎は、作事小屋に入った。

「邪魔をするぞ」

「なんですかい……」

万七は、手裏剣を作っていた手を止め、喬四郎に鋭い眼差しを向けた。

「ちょいと、忍びの道具の手入れをしようと思ってな」

「そうですか。どうぞ、何でも使って下さい」

万七は、作事小屋にある炉や踏鞴《たたら》などの様々な道具を示した。

まるで小さな鍛冶屋だ……。

「うむ……」

喬四郎は、問外、錠前外し、坪錐《つぼぎり》、錏《しころ》、苦無《くない》などの忍びの道具を出し、手入れをし始めた。

万七は、喬四郎の道具をそれとなく窺った。

「取り立てて変わった道具はないぞ」

喬四郎は笑った。

「えっ、ええ……」

万七は苦笑した。

「俺は根来だが、他の流派には変わった道具があるのかな」

喬四郎は、道具の手入れをしながら尋ねた。

「いいえ。伊賀《いが》でも甲賀《こうか》でも使い勝手を良くしていったら、道具は殆《ほとん》ど同じ形になります。流派によって取り立てて変わった道具などはありませんぜ」

「成る程、そう云われてみればそうだな」

喬四郎は感心した。

「ええ……」

万七は、喬四郎の素直な人柄に思わず笑った。

「処で万七、此処《ここ》に来るのは光明寺にいるはぐれ忍びだけか……」

「いいえ。時々、合鍵を作りに来る忍び崩れの盗人も来ますぜ」

「ほう。忍び崩れの盗人が合鍵をな……」

喬四郎は眉をひそめた。

「ええ。忍びの者なら問外か錠前外しで開けりゃあ良いのに、余り腕の立つ忍びの者とは云えませんぜ。尤もだから盗人になったんだろうけどね」

万七は、合鍵を作りに来る忍び崩れの盗人を侮り、嘲笑した。

「うむ。だが、腕の立たぬ忍びの者でも、盗賊の中ではいろいろ役に立つのだろう」

喬四郎は読んだ。

「ま、そんな処ですか……」

万七は、再び手裏剣を作り始めた。

今は此処迄だ……。

合鍵を作りに来る忍び崩れの盗人が、何処の誰かを訊くのは疑念を招くだけだ。

喬四郎は自重した。

いざとなれば、忍び崩れの盗人が合鍵を作りに来るのを待てば良い……。

喬四郎は、忍び道具の手入れを続けた。

日本橋室町の茶道具屋『一心堂』に押込んだ盗賊は、何処の誰か……。

才蔵は、盗賊が何処の誰か突き止めようと、盗人や博奕打《ばくち》ちなどの裏渡世に生きる者たちに当たっていた。

しかし、盗賊の手掛りは、鬼火の絵柄の千社札だけであり、何処の誰かは杳《よう》として知れなかった。

才蔵は、遊び人を装って谷中の賭場《とば》を訪れた。

谷中の賭場は、客たちの熱気と煙草の煙りに満ちていた。

才蔵は、客の中に盗人らしい男を捜した。

だが、見た目で盗人と分かる者などいる筈はない。

才蔵は苦笑し、駒札を張った。

刻《とき》は過ぎ、客が出入りした。

派手な半纏《はんてん》を着た若い遊び人が、威勢良く駒札を張って勝ち始めた。

勝ちは続き、若い遊び人ははしゃぎ、一端《いっぱし》の博奕打ちのように粋《いき》がった。

博奕打ちたちは眉をひそめた。

才蔵は苦笑した。

胴元は、煩わしそうに眉をひそめ、壺《つぼ》振りに目配せをした。

壺振りは頷いた。

如何様《いかさま》を仕掛ける……。

才蔵は睨んだ。

案の定、若い遊び人は負け始めた。

博奕打ちに容赦はなかった。

若い遊び人は負け続け、駒札の山は一気に崩れてしまった。

胴元と壺振りは嘲笑《あざわら》った。

若い遊び人は、負けが込んで苛立《いらだ》ち始めた。

才蔵は見守った。

「如何様だ。如何様だぞ……」

若い遊び人は、怒鳴りながら立ち上がった。

「若いの、うちの賭場が如何様をしているってのかい……」

胴元は、若い遊び人を睨んだ。

「あ、ああ。そうだ。如何様だ。俺が勝ち過ぎたから、如何様で取り返そうとしていやがるんだ」

若い遊び人は、喚《わめ》き散らした。

客たちは騒《ざわ》めいた。

「煩《うる》せえ。摘《つま》み出せ」

胴元は怒鳴った。

博奕打ちたちが若い遊び人を捕まえ、賭場から引き摺《ず》り出そうとした。

「離せ、馬鹿野郎。此処は如何様賭場だ」

若い遊び人は、喚いて抗《あらが》った。だが、博奕打ちたちは、抗う若い遊び人を無理矢理に引き摺り出して行った。

「皆の衆、お騒がせして申し訳ねえ。うちの賭場は如何様などしちゃあおりません。安心して遊んでいって下さい」

胴元は、騒めく客たちを落ち着かせた。

才蔵は盆茣蓙《ぼんござ》から離れ、若い遊び人を追って外に出た。

賭場は、寺の裏の家作にあった。

才蔵は、賭場のある家作を出た。

四人の博奕打ちが、裏庭の暗がりで若い遊び人を痛め付けていた。

「簀巻《すまき》にして隅田《すみだ》川に放り込めって、貸元の言い付けだぜ」

「そいつは面白え……」

博奕打ちたちは笑った。

「助けて、助けて下さい……」

若い遊び人は、泣き声で必死に詫《わ》びて許しを乞《こ》うていた。

博奕打ちたちは笑い、若い遊び人を甚振《いたぶ》り続けた。

若い遊び人は、泣きながら許しを乞い続けた。

潮時だ……。

才蔵は、若い遊び人を甚振る博奕打ちたちに背後から近付いた。

博奕打ちの一人が振り返った。

刹那、才蔵は蹴り飛ばした。

振り返った博奕打ちは、悲鳴をあげて飛ばされ、倒れ込んだ。

「な、何だ、手前……」

博奕打ちたちは驚き、慌てて匕首《あいくち》や長脇差《ながわきざし》を抜いた。

「死にたくなかったら、そのお調子者をいい加減に勘弁してやれ」

才蔵は笑った。

「煩せえ……」

博奕打ちは、長脇差で才蔵に斬り掛かった。
才蔵は、博奕打ちの手から長脇差を奪い取り、その尻《しり》を蹴飛ばした。
博奕打ちは、茂みに顔から倒れ込んだ。
才蔵は、長脇差の峰を返して残る博奕打ちたちを容赦なく叩き伏せた。
「さあ、逃げるぞ」
才蔵は、傷だらけの顔で倒れている若い遊び人を促し、その場を離れた。
若い遊び人は慌てて立ち上がり、足を引き摺って続いた。

才蔵は、下谷広小路に向かった。
若い遊び人は、足を引き摺りながら付いて来た。
不忍池に映える月影は揺れていた。

三

下谷広小路の飲み屋は、雑多な客で賑わっていた。
才蔵は、若い遊び人を連れて飲み屋の暖簾を潜り、隅で酒を飲み始めた。

若い遊び人は勘次《かんじ》と名乗り、傷だらけの顔で酒を飲んだ。

「処で勘次。お前、押込み先に鬼火の千社札を残して行く盗賊、知らねえか……」

才蔵は訊いた。

「鬼火の千社札ですかい……」

勘次は眉をひそめた。

「ああ。知らねえかな……」

「さあ……」

勘次は首を捻った。

「そうか。知らねえか……」

博奕打ちを気取る半端な遊び人の勘次が、知る筈はないのかもしれない。

「へい。ですが、あっしの知り合いに掏摸《すり》を生業《なりわい》にしている野郎がいます。そいつに訊いてみますか……」

勘次は、手酌で酒を飲んだ。

掏摸ならば、盗賊の事にも詳しいかもしれない……。

「よし。勘次、その知り合いの掏摸に逢《あ》わせちゃあくれねえか……」

才蔵は頼んだ。

「へい。そりゃあ命の恩人の兄いの頼みです。いつでも……」

勘次は、才蔵に徳利を差し出した。

「そいつは助かるぜ……」

才蔵は、猪口に満ちた酒を飲み干した。


光明寺住職道庵の読む経は、本堂から朗々と響いていた。

喬四郎は、朝飯を自分で作って食べた。

喜平はいなかった。

おそらく、はぐれ忍びの仕事を受けて朝早く出掛けたのだ。

喬四郎は読んだ。

寺男の万七は、既に境内の掃除などの寺の仕事を終えて作事小屋にいた。

喬四郎は、作事小屋を訪れた。

「早いな……」

万七は、仕事をしながら喬四郎を一瞥《いちべつ》した。

「遣《や》る事がなくてな。何か手伝うか……」

喬四郎は笑った。

「それには及ばない。好きな事でもしていてくれ」

万七は苦笑した。

「そうか……」

喬四郎は落胆した。

「そう云えば、今日、忍び崩れの盗人が合鍵を作りに来るぜ」

万七は、忍び道具を作りながら告げた。

「ほう。忍び崩れの盗人が合鍵をな……」

漸く鬼火の千社札を使う盗賊の手掛りが摑《つか》めるかもしれない……。

喬四郎は、浮かびあがる笑みを隠した。

半刻(一時間)が過ぎた。

喬四郎は、三寸(約九センチメートル)程の長さの小さな苦無を作っていた。

小さな苦無は手裏剣としても使える。

喬四郎は、隠し持つ忍びの道具を出来る限り少なくしていた。

職人姿の中年男が、万七を訪ねて来た。

「やあ。粂吉《くめきち》さん……」

万七は迎えた。

「万七さん、ちょいと小屋を使わせて貰いに来ましたぜ」

粂吉と呼ばれた職人姿の中年男は、万七に挨拶をした。

「ああ。いつもの通りにやってくれ」

「はい……」

万七は頷き、喬四郎を一瞥した。

忍び崩れの盗賊……。

喬四郎は見定めた。

「あの、此方《こちら》のお侍さんは……」

粂吉は、喬四郎を気にした。

「ああ。宿坊にいるお人だ」

万七は、喬四郎がはぐれ忍びだと匂わせた。

「そうですか……」

「やあ……」

喬四郎は笑い掛けた。

「ちょいとお邪魔します」

粂吉は、喬四郎に会釈をした。そして、懐から蓋のある小箱を取り出した。

喬四郎は、小さな苦無を作りながらそれとなく粂吉の様子を窺った。

小箱には粘土が入れられ、鍵を押し付けた痕《あと》がくっきりと残っていた。

粘土の鍵の痕から型を取り、合鍵を作るのだ。

喬四郎は、手裏剣を作りながら見守った。

粂吉は、手慣れた様子で合鍵を作り始めた。

刻は掛からない……。

喬四郎は見定めた。

「よし。此で良い……」

喬四郎は、出来た小さな苦無を懐に入れた。

「出来ましたかい……」

万七は尋ねた。

「ああ。じゃあな……」

喬四郎は、万七と粂吉に声を掛けて作事小屋を後にした。


一刻（二時間）……。

喬四郎は、粂吉が合鍵を作るのを一刻以内と睨んだ。

粂吉が、押込み先に鬼火の千社札を残す盗賊の一味かどうかは分からない。だが、見定める価値はある。

喬四郎は袴《はかま》を着け、塗笠《ぬりがさ》を持って宿坊を出た。

一刻が過ぎた。

粂吉は、合鍵を作り終えた。

「出来たようだな」

万七は声を掛けた。

「ええ……」

粂吉は頷いた。

「さあて、何処の金蔵の合鍵かな」

万七は笑った。

「そいつは内緒だよ」

粂吉は苦笑した。

「ま、上手《うま》くやるんだな」

「ええ。此奴《こやつ》は御布施です。和尚さまに宜しくお伝え下さい」

粂吉は、万七に小判の紙包みを渡した。

「ああ。確かに……」

万七は、小判の紙包みを受け取った。

「じゃあ、此で……」

粂吉は、作事小屋から出て行った。

万七は、粂吉を見送って宿坊に急いだ。


宿坊に喬四郎はいなかった。

やはりな……。

万七は、宿坊に喬四郎がいないのを見定めて苦笑した。


粂吉は、光明寺を出て神楽坂に向かった。

喬四郎は、塗笠を目深に被《かぶ》って尾行を開始した。

粂吉は、時々立ち止まっては辺りを見廻《みまわ》し、神楽坂に進んでいた。

その足取りは、見るからに周囲や尾行を警戒していた。

下手な警戒だ……。
喬四郎は、粂吉が忍び崩れの盗賊になった理由が良く分かった。
弁天町を出て、榎町、矢来下、通寺町……。
粂吉は、神楽坂を下り始めた。
喬四郎は尾行《つけ》た。
外濠は眩しく輝いていた。

牛込御門前に出た粂吉は、外濠沿いの道を東に曲がった。
外濠は江戸《えど》川と結んだ後、神田川の流れになる。
粂吉は、神田川に架かっている小石川御門、水道橋、昌平《しょうへい》橋と進んだ。
何処迄行くのか……。
喬四郎は、慎重に尾行を続けた。

神田川には様々な船が行き交っていた。
粂吉は、神田川に架かっている昌平橋を渡った。
喬四郎は、塗笠を目深に被って追った。

条吉は、昌平橋を渡って神田川沿いの柳原《やなぎわら》通りに進んだ。

柳原通りは両国《りょうごく》広小路に続いている。そして、大川に架かっている両国橋を渡れば、本所《ほんじょ》、深川だ。

条吉は何処迄行くのか……。

行き先には、鬼火の千社札を残す盗賊の頭がいるのか……。

喬四郎は追った。

条吉は和泉《いずみ》橋、新シ《あたら》橋、浅草《あさくさ》御門、柳《やなぎ》橋と神田川に架かっている橋の傍を通り過ぎ、両国広小路に入った。

両国広小路には見世物小屋や露店が連なり、行き交う人や見物客で賑わっていた。

条吉は両国橋を渡らず、広小路の雑踏を進んだ。

本所深川ではない……。

喬四郎は、雑踏を行く条吉を追った。

条吉は、薬研堀《やげんぼり》に出た。

薬研堀は大川に繋がり、元柳橋《もとやなぎ》が架かっていた。

元柳橋を渡ると旗本大名家の屋敷が甍《いらか》を連ねている。

粂吉は、元柳橋の手前の道を西に曲がった。

行き先は近い……。

喬四郎は睨んだ。

粂吉は、米沢町《よねざわ》三丁目に進んだ。

喬四郎は追った。

粂吉は、板塀に囲まれた家の前に立ち止まった。そして、背後を振り向き、辺りを窺った。

立ち止まってから警戒しても遅い……。

喬四郎は苦笑した。

粂吉は、不審な者はいないと見定め、板塀の木戸門に入った。

喬四郎は見届けた。

米沢町三丁目、薬研堀に面した板塀に囲まれた家……。

粂吉の家とは思えない。

喬四郎は、板塀に囲まれた家について聞き込む事にした。

薬研堀に繋がれている舟が小波《さざなみ》に揺れた。

下谷広小路は、東叡山寛永寺《とうえいざんかんえいじ》や不忍池の弁財天の参拝客で賑わっていた。

才蔵は、上野北大門町《きただいもん》の裏通りにある一膳飯屋《いちぜん》で酒を飲んでいた。

「邪魔するぜ……」

若い遊び人の勘次が、同じ年頃のお店者を連れて来た。

「勘次、こっちだ」

「兄い……」

勘次は、才蔵の許《もと》に同じ年頃のお店者を連れて来た。

「兄い。こっちが昨夜、話した知り合いです」

勘次は、才蔵にお店者を引き合わせた。

お店者姿の掏摸……。

芸の細かい奴だ。

才蔵は感心した。

「そうか。わざわざ済まねえな。ま、やってくれ」

才蔵は、掏摸と勘次に酒を注いでやった。

「はい。戴《いただ》きます」

勘次と掏摸は、酒を飲んだ。

才蔵は、一膳飯屋の主に酒を頼んだ。

「で、今日、わざわざ来て貰ったのは他でもねえ。押込み先に鬼火の千社札を残していく盗賊を知っているかい……」

才蔵は、掏摸に尋ねた。

「へい。話だけですが、聞いた事があります」

掏摸は、才蔵を見詰めた。

「どんな話か、教えてくれ」

才蔵は、徳利を差し出した。

「兄いは、俺の命の恩人だ。分かっているな」

勘次は、掏摸を睨み付けた。

「ああ。心配するな……」

掏摸は、苦笑しながら才蔵の酌を受けた。

「あっしの聞いている処によりますと、押込み先に鬼火の千社札を残して行く盗賊は、鬼火の政五郎《まさごろう》って奴です」

掏摸は、猪口の酒を飲み干して告げた。

「鬼火の政五郎か……」

才蔵は、漸《ようや》く盗賊の名を知った。

「はい。鬼火の政五郎は、いつの間にか忍び込んで金を奪って消えるそうですが、見付かった時には容赦なく皆殺しにするとか……」

掏摸は、ぞっとした面持ちで告げた。

「そんな盗賊か……」

「はい。ですが兄い、鬼火の政五郎は、関八州《かんはっしゅう》の庄屋や織物問屋なんかの御大尽の屋敷の押込みが専らだと……」

掏摸は眉をひそめた。

「へえ、いつもは関八州の庄屋や御大尽か……」

そんな盗賊が江戸に現れた。

才蔵は、微かな戸惑いを覚えた。

「ええ。江戸じゃあ滅多に押込みはしねえと聞いておりますが……」

「そいつが、江戸でも押込みを働き始めたようだぜ」

「へえ、そうなんですか……」

「で、鬼火の政五郎ってのは、どんな野郎なんだい……」

「何でも痩せた年寄りだそうですぜ」

「痩せた年寄り……」

盗賊の鬼火の政五郎は痩せた年寄り……。

才蔵は知った。

「で、一味の手下にどんな奴がいるか、知っているか……」

「さあ、手下の事は、余り聞いちゃあおりません……」

掏摸は首を捻った。

「そうか……」

才蔵は、掏摸に酒を勧めた。

薬研堀の澱《よど》みは鈍く輝いていた。

板塀に囲まれた家から、粂吉が出て来る事はなかった。

喬四郎は、通り掛かった米屋や油屋の手代たちに金を握らせ、板塀に囲まれた家についてそれとなく訊いた。

板塀に囲まれた家の主は女であり、飯炊きの婆さんと二人で暮らしていた。

主の女の名はおまさ、元は芸者だと云う粋な形《なり》をした年増《としま》だった。

粋な形をした年増のおまさ……。

喬四郎は、微かな戸惑いを覚えた。

粂吉が、押込み先に鬼火の千社札を残す盗賊の一味なのは間違いないだろう。その粂吉が入ったまま出て来ない家の主が盗賊の頭だとしたら……。

喬四郎は読んだ。

ひょっとしたら、粋な形をした年増のおまさは、鬼火の千社札を残す盗賊一味の者なのかもしれない。

喬四郎は読み、見張りを続けた。

刻が過ぎた。

おまさの家の板塀の木戸が開いた。

喬四郎は、物陰に隠れた。

粋な形をした年増と粂吉が、木戸から出て来た。

喬四郎は、粋な形をした年増がおまさだと睨んだ。

おまさと粂吉は、薬研堀の家を出て両国広小路に向かった。

何処に行く……。

喬四郎は、尾行を開始した。

料理屋の女将《おかみ》とお供の番頭……。

喬四郎は、おまさと粂吉がそう装っているのに気付いた。

両国広小路の賑わいは続いていた。

おまさと粂吉は、雑踏の中を神田川に架かっている浅草御門に向かった。

喬四郎は追った。


浅草御門の前には神田川沿いの柳原通りがあり、神田八《や》ッ小路《こうじ》に続いている。

おまさと粂吉は浅草御門を渡らず、柳原通りを神田八ッ小路に向かった。

何処に何しに行くのだ……。

喬四郎は追った。


神田八ッ小路の謂《い》われは、昌平橋、淡路《あわじ》坂、駿河《するが》台、三河《みかわ》町、連雀《れんじやく》町、須田《すだ》町、筋違《すじかい》御門、柳原通りに続く八つの道筋があるからだ。

おまさと粂吉は、神田八ッ小路を連雀町に進み、一軒のお店の暖簾を潜った。

喬四郎は、おまさと粂吉が入った店に急いだ。

仏具屋『真妙堂《しんみょうどう》』……。

喬四郎は、おまさと粂吉が入った店が仏具屋『真妙堂』だと知った。

仏具屋『真妙堂』は、表に御用達の金看板を何枚も掲げた大店であり、高価な仏壇や仏具を売っていた。そして、その身代はかなりのものだと噂されていた。

喬四郎は、店内を窺った。

おまさと粂吉は、帳場で番頭と親しげな笑みを浮かべ、何事かを喋《しゃべ》っていた。

馴染《なじみ》客か……。

喬四郎は読んだ。

おまさは料理屋の女将を装い、粂吉をお供にして仏具屋『真妙堂』に仏具を買いに来たのかもしれない。

喬四郎は見守った。

四半刻（三十分）が過ぎた。

おまさは数珠《じゅず》を買い、粂吉と一緒に仏具屋『真妙堂』から出て来た。そして、来た道を戻り始めた。

喬四郎は追った。

おまさは、数珠を買いに来ただけなのか……。
喬四郎は想いを巡らせた。
もし、数珠を買いに来ただけでないとしたら、何しに来たのだ。
押込みの下見なのかもしれない。
喬四郎は気付いた。
もし、下見だったら、次の押込み先は仏具屋『真妙堂』なのだ。
そして、粂吉は仏具屋『真妙堂』の金蔵の合鍵を作った。
合鍵を用意しての下見だとしたら、押込みは近いとみて良い。
押込む直前の最後の下見……。
喬四郎は睨んだ。
おまさと粂吉は、来た道を戻って行く。
薬研堀の家に帰るのか……。
それとも、押込み先に鬼火の千社札を残す盗賊の頭の処に行くのか……。
喬四郎は追った。
おまさと粂吉は、両国広小路の賑わいを抜けて薬研堀の家に帰った。

何処にも立ち寄らず、真っ直ぐ家に帰ったのだ。
喬四郎は戸惑った。
おまさと粂吉は、押込み先の最後の下見の結果を盗賊の頭に報《しら》せに行かない。
それは、薬研堀の家に盗賊の頭が潜んでいると云う事なのか……。
喬四郎は読んだ。
魚が跳ねたのか、薬研堀に波紋が広がった。

四

猪牙舟は、元柳橋を潜って大川から薬研堀に入って来た。
喬四郎は、物陰に隠れて見守った。
猪牙舟は、船着場に船縁《ふなべり》を寄せた。
着流しに総髪の武士が、猪牙舟を降りておまさの家に入った。
盗賊の頭か……。
喬四郎は、微かな緊張を覚えた。
おまさの家に変わった様子は窺えず、静かなままだった。

僅かな刻が過ぎた。
猪牙舟の船頭を眠らせ、おまさの家に忍び込むか……。
喬四郎は、微かな苛立ちを覚えた。
板塀の木戸が開いた。
喬四郎は見守った。
着流しに総髪の武士が、粂吉と一緒に木戸から出て来た。
「じゃあ、お頭に宜しくな……」
着流しに総髪の武士は、粂吉に小さく笑い掛けて船着場の猪牙舟に乗り込んだ。
船頭は、着流しに総髪の武士を乗せた猪牙舟を大川に進めた。
粂吉は、船着場で見送った。
大川は広く、行き交う船も多い。
これから追う船を探す暇もなければ、粂吉に不審を買うような真似は出来ない。
喬四郎は、着流しに総髪の武士を追うのを諦《あきら》めた。
粂吉は、おまさの家に戻った。
「じゃあ、お頭に宜しくな……」
喬四郎は、着流しに総髪の武士の言葉を思い出した。

盗賊の頭は、やはりおまさの家にいるのだ。

おまさの家を見張るしかない……。

喬四郎は覚悟を決めた。

それにしても、着流しに総髪の武士は何者なのだ。

喬四郎は気になった。

「やっぱり、此処か……」

才蔵がやって来た。

「おお、良く此処が分かったな」

喬四郎は戸惑った。

「ええ。光明寺で喜平さんに訊きましてね」

才蔵は笑った。

「喜平に……」

「ええ。喜平さんが、薬研堀辺りにいるのかもしれないと……」

才蔵は告げた。

「そうか……」

喜平は、何故に喬四郎が薬研堀にいると読んだのだ。

喬四郎が粂吉を追って光明寺を出た時、喜平は出掛けて留守だった筈だ。

それなのに何故……。

喬四郎は、微かな戸惑いを覚えた。

「あの家ですか……」

才蔵は、板塀に囲まれた家を眺めた。

「ああ。おまさと云う芸者あがりの粋な年増の家でな。粂吉って忍び崩れの盗賊がいる」

喬四郎は、才蔵に告げた。

「盗賊の頭は……」

「そいつは未だだ」

喬四郎は眉をひそめた。

「押込み先に鬼火の千社札を残す盗賊は、鬼火の政五郎って痩せた年寄りだとか……」

才蔵は告げた。

「鬼火の政五郎、痩せた年寄り……」

喬四郎は眉をひそめた。

「ええ。で、鬼火の政五郎ってのは……」

才蔵は、掏摸に聞いた鬼火の政五郎と一味に拘る事を喬四郎に話した。

「そうか、鬼火の政五郎か……」

喬四郎は、漸く押込み先に鬼火の千社札を残す盗賊の名が鬼火の政五郎であり、痩せた年寄りだと知った。

板塀に囲まれた家には、主のおまさと飯炊き婆さんが暮らしている筈だ。痩せた年寄りが、出入りするのは見掛けた事はない。だが、喬四郎が見張りを始める前、既に潜んだのかもしれない。

喬四郎は、板塀に囲まれたおまさの家を眺めた。

「で、おまさと粂吉ってのは……」

「うん……」

喬四郎は、粂吉が何処かの合鍵を作り、おまさと共に連雀町の仏具屋『真妙堂』に行った事を告げた。

「押込み先は仏具屋真妙堂で、押込みは近いですか……」

才蔵の読みは、喬四郎と同じだった。

「ああ。今夜かもしれぬ……」

喬四郎は、厳しい面持ちで頷いた。

大川の流れに夕陽が映えた。


日が暮れ、薬研堀に月影が揺れた。

喬四郎は、板塀に囲まれたおまさの家を見張った。

猪牙舟は、櫓を軋ませて大川から薬研堀に入って来た。

喬四郎は、物陰から見守った。

猪牙舟は、薬研堀に架かっている元柳橋の橋脚近くに停まった。そして、漕いでいた才蔵が下り、猪牙舟を係留して喬四郎のいる物陰に来た。

「猪牙か……」

「ええ。押込み先が連雀町の仏具屋真妙堂なら船を使うかも知れないと思いましてね」

神田連雀町は神田川に架かっている昌平橋に近い。

盗賊鬼火の政五郎は、薬研堀から船で昌平橋の船着場に行き、押込みを働いた後、そのまま江戸から出るかもしれない。

才蔵は読み、猪牙舟を用意したのだ。

「そうか……」

喬四郎と才蔵は、交代で見張りを続けた。

刻は流れ、夜は更けた。

荷船が元柳橋を潜り、音もなく大川から薬研堀に入って来た。

喬四郎と才蔵は、忍び装束になって見守っていた。

荷船は、薬研堀の船着場に船縁を寄せた。

船頭が荷船を繋ぎ、板塀に囲まれたおまさの家に走った。そして、板塀の木戸門を小さく叩いた。

木戸門が待っていたかのように開き、黒装束に盗人被りの二人の人影が現れた。

そして、船頭に誘われて船着場の荷船に走った。

黒装束に盗人被りの一人は忍び崩れの粂吉、もう一人は頭の鬼火の政五郎か……。

喬四郎と才蔵は、もう一人の顔を見定める間はなかった。

荷船は、二人の盗人を乗せて薬研堀から大川に出た。

才蔵は、猪牙舟に飛び乗った。

喬四郎は続いた。

才蔵は、猪牙舟の舫《もや》い綱を解いて荷船を追った。

荷船は夜の大川を遡《さかのぼ》り、両国橋を潜って神田川に入った。

才蔵は、喬四郎を乗せた猪牙舟を巧みに操って荷船を追った。

柳橋、浅草御門、新シ橋、和泉橋、筋違御門……。

荷船は櫓の軋みも立てず、夜の神田川を静かに進んだ。

才蔵は、喬四郎を乗せた猪牙舟を音も立てずに進めた。

「才蔵、猪牙を筋違御門の橋脚に着けろ」

喬四郎は、才蔵に命じた。

「心得た」

才蔵は、猪牙舟を筋違御門の橋脚に寄せた。

「先に仏具屋真妙堂に行く……」

喬四郎は錏頭巾《しころずきん》を被り、筋違御門の橋脚を素早く上って行った。

筋違御門の脇に出た喬四郎は、昌平橋の船着場を窺った。

荷船は、船着場に船縁を寄せた。

黒装束に盗人被りの盗賊たちが、僅かに積まれた荷物の陰から現れ、荷船を下り始めた。

　喬四郎は見守った。

　一人、二人、三人、四人……。

　黒装束に盗人被りの盗賊は、頭の鬼火の政五郎と粂吉を入れて六人だった。

「何人だ……」

　才蔵がやって来た。

「〆《しめ》て六人だ」

　喬四郎は、盗賊の人数を見定めた。

「どうする」

「頭と粂吉を捕え、残りの四人は始末する」

　喬四郎は冷徹に云い放った。

「心得た」

　才蔵は、楽しげな笑みを浮かべた。

　六人の盗賊は、一塊となって八ッ小路を連雀町に走った。

「行くぞ……」

　喬四郎は追って走った。

才蔵が続いた。

仏具屋『真妙堂』は寝静まっていた。

盗賊たちは、仏具屋『真妙堂』の表の暗がりに潜んだ。

喬四郎と才蔵は、盗賊たちを見守った。

粂吉は、大戸の潜り戸を問外を使って開け始めた。

喬四郎は、才蔵に目配せをした。

才蔵は頷き、十字手裏剣を投げた。

盗賊の手下の一人が、背中に十字手裏剣を受けて倒れた。

「お、お頭……」

隣にいた手下が気付き、狼狽《うろた》えた。しかし、続いて飛来した十字手裏剣が、狼狽えた手下の胸に突き刺さった。

粂吉と頭は驚き、直ぐに仏具屋『真妙堂』の前から離れた。

喬四郎は、残る二人の手下を才蔵に任せて粂吉と頭を追った。

才蔵は、薄笑いを浮かべて残る二人の手下に襲い掛かった。

昌平橋の船着場には、繋がれた荷船が揺れていた。
条吉と頭は、石段を駆け降りて荷船に逃げ込んだ。そして、荷船の舫い綱を解いた。
荷船は大きく揺れ、神田川に流れ出た。
追って来た喬四郎は、堀端を蹴って流れる荷船に跳んだ。
条吉と頭は驚いた。
喬四郎は、僅かに積まれた荷物の上に飛び降りた。
条吉は、苦無を構えて喬四郎に飛び掛かった。
喬四郎は、刀を抜き打ちに一閃《いっせん》した。
苦無は弾《はじ》き飛ばされ、条吉は立ち竦《すく》む頭の傍に後退した。
喬四郎は、頭と条吉に刀を突き付けた。
「盗賊鬼火の政五郎だな……」
喬四郎は笑い掛けた。
「ああ……」
頭は頷いた。
その声は女だった。

女……。

盗賊鬼火の政五郎は、粋な形の年増のおまさなのだ。

喬四郎は気が付いた。

「おまさか……」

喬四郎は、頭を見据えた。

頭は、盗人被りを取った。

髪を玉結びにしたおまさが、悔しげな顔を露《あら》わにした。

「そうか、お前が鬼火の政五郎だったのか……」

喬四郎は苦笑した。

「ええ。死んだお父《と》っつあんの後を継いだだけですよ」

おまさは、腹立たしげな笑みを浮かべた。

「成る程。そう云う事か……」

才蔵が聞いて来た痩せた年寄りとは、おまさの父親で先代の鬼火の政五郎だった。

喬四郎は知った。

「手前、光明寺にいたはぐれ忍びだな」

粂吉は、錏頭巾を被った忍びが光明寺にいたはぐれ忍びだと気付いた。

「ああ。忍び崩れの盗賊、粂吉か……」

喬四郎は嘲笑した。

「おのれ……」

粂吉は、顔を醜く歪《ゆが》めた。

「何処の忍び崩れだ……」

「煩い……」

粂吉は、最後の足掻《あが》きをみせた。

「伊賀か、甲賀か、裏柳生《やぎゆう》の忍びか……」

喬四郎は、粂吉を見据えて尋ねた。

粂吉は、裏柳生と聞いて微かに狼狽えた。

喬四郎は、粂吉の微かな狼狽えを見逃さなかった。

「そうか、裏柳生か……」

喬四郎は笑った。

「その裏柳生の忍びが、何故に盗賊鬼火の政五郎の手下になったのだ。只《ただ》の忍び崩れの真似ではあるまい……」

喬四郎は、粂吉を見据えた。

「手前には拘りのない事だ……」

　粂吉は苛立った。

「やはり、裏があるのだな……」

　喬四郎は、粂吉が只の忍び崩れの盗賊とは思っていなかった。

「黙れ……」

　粂吉は、長脇差を抜いて喬四郎に猛然と斬り掛かった。

　喬四郎は、粂吉の長脇差を叩き落とした。

「裏に何があるのか、聞かせて貰おう……」

　喬四郎は、粂吉に刀を突き付けた。

　刹那、粂吉は毒を呷《あお》った。

　しまった……。

　喬四郎は焦った。

「粂吉……」

　喬四郎は、崩れ落ちる粂吉を抱き止め、毒を吐かせようとした。

「て、手遅れだ……」

　粂吉は、醜く顔を歪めて笑い、絶命した。

おのれ……。

喬四郎は、微かな悔しさを感じた。

荷船は神田川を流れた。

喬四郎は、粂吉の懐を探って革袋を取り出した。革袋の中には、粂吉が光明寺で作った合鍵が入っていた。

何の鍵なのだ……。

喬四郎は、立ち尽している盗人姿のおまさに近寄った。

「おまさ、此は真妙堂の金蔵の鍵か……」

「いいえ。違いますよ」

おまさは、不貞腐《ふてくさ》れたように笑った。

「違う。真妙堂の金蔵の鍵ではないのか……」

喬四郎は戸惑った。

「ええ。金蔵なんぞ、合鍵がなくても刃物を突き付ければ簡単に開きますからね」

おまさは、色っぽく微笑んだ。

その色っぽい微笑みは、酷薄な人柄を窺わせた。

「ならば、何の鍵だ……」

「さあ、粂吉のしている事です。私は知りませんよ」

おまさは突き放した。

「そうか。処でおまさ、真妙堂の押込み、お前の企てか……」

「いいえ。粂吉が持ち込んで来た話ですよ」

「粂吉がな……」

鬼火の政五郎の仏具屋『真妙堂』の押込みは、粂吉の持ち込んだ企てだった。

そして、おまさの知らない合鍵……。

粂吉は、仏具屋『真妙堂』の押込みは、金を奪う他に何らかの狙いがあったのだ。

喬四郎は睨んだ。

「やっぱり仏さまに拘る仏具屋に押込むなんて、仏罰が当たったたんですかねえ」

おまさは苦笑した。

「きっとな……」

喬四郎は、笑みを浮かべておまさの脾腹《ひばら》に拳《こぶし》を叩き込んだ。

おまさは、苦笑したまま気を失って崩れ落ちた。

荷船は、神田川から大川に流れ出て大きく揺れた。

喬四郎は、気を失った盗賊鬼火の政五郎とおまさと、忍び崩れの盗賊粂吉の死《し》骸《がい》を荷船で南町奉行所に運んで姿を消した。

日本橋室町の茶道具屋『一心堂』に押込んだ盗賊と、一味にいる忍びの者の素性は突き止めた。

喬四郎は、吉宗に命じられた探索は終えた。

だが、裏柳生の忍び崩れの粂吉が、合鍵を作って仏具屋『真妙堂』で何をしようとしていたのかは分からないままだ。

仏具屋『真妙堂』には、合鍵を使う何かがあるのだ。

それは何か……。

喬四郎は気になった。


江戸城御休息御庭には陽差しが溢《あふ》れ、四阿《あずまや》には吉宗と御庭之者の喬四郎がいた。

「そうか、一心堂に押込んだのは鬼火の政五郎と申す盗賊か……」

吉宗は、喬四郎の報せを受けた。

「鬼火の政五郎は既に死んでおり、おまさと云う娘が二代目を名乗っておりました」

「女盗賊か……」

吉宗は苦笑した。

「はい。その配下に裏柳生の忍び崩れがおりました」

「裏柳生の忍び崩れ……」

吉宗は、厳しさを過ぎらせた。

「はい。それでその裏柳生の忍び崩れにございますが、神田連雀町にある真妙堂と云う仏具屋の押込みを企て、鬼火の政五郎に持ち込んでいました」

「して……」

吉宗は、話の先を促した。

「はい。裏柳生の忍び崩れ、どうやら真妙堂の金を奪う他に違う狙いもあったようでして、捕えて問い質《ただ》そうと思ったのですが、隠し持っていた毒を呷り……」

喬四郎は、悔しさを滲《にじ》ませた。

「死んだのか……」

「はい。気になるのは、金を奪う他にある狙い……」

喬四郎は告げた。

「うむ。神田連雀町の仏具屋真妙堂か……」

吉宗は眉をひそめた。

「はい。上様、何か……」

吉宗は、何か心当りがあるようだ……。

喬四郎は、不意にそう感じた。

「いや……」

吉宗は否定した。

「そうですか……」

喬四郎は、吉宗の否定を信じられなかった。

「何れにしろ喬四郎、裏柳生の忍び崩れ、金を奪う他に何をしようとしていたのか、突き止めるのだ」

吉宗は命じた。

「ははっ……」

喬四郎は平伏した。

御休息御庭に微風《そよかぜ》が吹き抜けた。

第三章　謀反人

一

小日向新小川町の倉沢屋敷に帰った喬四郎は、隠居所の義父の左内を訪れた。

「ほう。女盗賊だったのか……」

左内は、その眼を楽しげに細めた。

「はい。歳の頃は二十七、八。中々色っぽい年増《としま》でしてな」

喬四郎は笑った。

「そいつは良い。儂《わし》も御目に掛かりたかったものだ」

左内は、喬四郎に羨《うらや》ましげな眼を向けた。

「何を血迷った事を……」

姑《しゅうとめ》の静乃が茶を持って来た。

左内は、反射的に居住まいを正した。

「お前さま、少しは年相応になされませ。どうぞ……」

静乃は、憮然《ぶぜん》とした面持ちの左内と喬四郎に茶を出した。

「戴《いただ》きます」

喬四郎は、静乃に会釈をして茶を飲んだ。

「それで婿殿、その色っぽい年増の女盗賊を如何《いかが》致したのですか……」

静乃は、喬四郎に向き直った。

「えっ……」

喬四郎は、戸惑いを浮かべた。

「まさか、その女盗賊の色香に惑わされ、目溢《めこぼ》しをしたのではありませんね」

静乃は、喬四郎を鋭く見据えた。

「は、はい。女盗賊は捕え、そのまま南町奉行所に……」

喬四郎は、真顔で告げた。

「そうですか、それなら宜《よろ》しいのですよ。では、夕餉《ゆうげ》の仕度が出来ましたら御報《しら》せ致しますよ」

静乃は微笑んだ。

「はい。御造作をお掛け致します」

「いいえ。大切な佐奈の夫、倉沢家の婿殿ですので……」

静乃は、微笑みを浮かべて立ち去った。

「済まぬな……」

左内は、吐息を洩《も》らして喬四郎に詫《わ》びた。

「いいえ……」

喬四郎は苦笑した。

「して喬四郎、その女盗賊、裏柳生の忍び崩れと、神田は連雀町の仏具屋に押込もうとしたのだな……」

左内は眉《まゆ》をひそめた。

「はい。義父上《ちちうえ》、何か……」

「う、うん。神田連雀町がちょいと気になってな」

「連雀町が……」

「左様。以前、何処かで聞いた覚えがある」

「どのような……」

「そいつが、思い出せない……」

左内は、老顔を悔しげに歪《ゆが》めた。

「分かりました。明日にでも連雀町を調べてみます」

喬四郎は、年老いて記憶力の悪くなった左内を追い詰めたくなかった。

「お父上、旦那《だんな》さま、お待たせしました。夕餉の仕度が出来ました」

佐奈が、やって来て告げた。

「うむ。佐奈、酒は……」

左内は囁《ささや》いた。

「それはもう……」

佐奈は、笑顔で頷《うなず》いた。

「そうか。よし……」

左内は、嬉《うれ》しげに笑った。

喬四郎は微笑んだ。

神田連雀町は、八ッ小路の八つの道筋の一つにあり、須田町の隣にある小さな町だった。

喬四郎は、連雀町にある仏具屋『真妙堂』を眺めた。

仏具屋『真妙堂』は、盗賊の押込みの獲物にされていたとも知らず、商いに励んでいた。

昨夜、才蔵は斃《たお》した四人の盗賊の死体を始末し、何事もなかったかのように装った。

仏具屋『真妙堂』は繁盛していた。

此《こ》の連雀町に何かがある……。

吉宗は何かに気付き、左内は思い出せないでいるのだ。

何があるのだ……。

喬四郎は、仏具屋『真妙堂』の斜向《はす》いにある古い蕎麦《そば》屋に入った。

蕎麦屋の窓からは、仏具屋『真妙堂』が見えた。

喬四郎は窓辺に座り、蕎麦を食べながら仏具屋『真妙堂』を見張った。

蕎麦屋の老亭主は、喬四郎の出涸《でがら》し茶を注ぎ足しに来た。

「繁盛しているな、真妙堂……」

喬四郎は、老亭主に話し掛けた。

「ええ。世間には仏が多いんですかねえ……」

老亭主は、窓の外に見える仏具屋『真妙堂』を眺めた。

「うむ。処で亭主、真妙堂、此《これ》だけ繁盛している処をみると評判は良いのだろうな」

「それはもう。旦那の喜左衛門《きざえもん》さまは穏やかな仁徳者でしてね。番頭の庄兵衛《しょうべえ》さんも商売上手で、奉公人たちの躾《しつけ》もきちんとしたものですよ」

老亭主は誉めた。

「やはりな。して、真妙堂はいつ頃から此処《ここ》で商いをしているのかな」

「先代が店を開いて、かれこれ五十年だと聞いていますよ」

「五十年か……」

「ええ……」

「その間、真妙堂にもいろいろな事があったのだろうな……」

「さあ、手前が此の蕎麦屋を開いて二十五年、此と云って変わった事はありませんでしたが、その前はどうなんですかね」

老亭主は首を捻《ひね》った。

「そうか……」

五十年の間に起きた事は、世間の者は知らないのだ。

知っているとしたら仏具屋『真妙堂』の主《あるじ》の喜左衛門だけなのかもしれない。
となると、喜左衛門に訊《き》くしかないが、果たして今がその時なのかは分からない。
喬四郎は、仏具屋『真妙堂』を眺めた。
着流しに総髪の武士が、仏具屋『真妙堂』の前に佇《たたず》んでいた。
見覚えがある……。
喬四郎は、着流しに総髪の武士を見詰めた。
着流しに総髪の武士は、薬研堀のおまさの家に来て粂吉と親しげに話をしていた者だ。
喬四郎は思い出した。
何をしているのだ……。
喬四郎は、着流しに総髪の武士を見守った。
着流しに総髪の武士は、仏具屋『真妙堂』の周囲や店内を窺《うかが》っていた。
仏具屋『真妙堂』には、何事もなく客が出入りしている。
着流しに総髪の武士は、厳しい面持ちで仏具屋『真妙堂』の前を離れた。
「亭主、又来る」
喬四郎は、老亭主に金を払って蕎麦屋を出た。

着流しに総髪の武士は、連雀町から八ッ小路に出た。そして、八ッ小路を抜けて神田川沿いの柳原通りに進んだ。

喬四郎は尾行《つけ》た。

粂吉と拘《かかわ》りがあるなら忍びの者かもしれない……。

喬四郎は、足早に行く着流しに総髪の武士を慎重に追った。

着流しに総髪の武士は、柳原通りを急いだ。

薬研堀のおまさの家に行くのか……。

喬四郎の勘が囁いた。

両国広小路の騒《ざわ》めきが聞こえて来た。

薬研堀の水面《みなも》は波立っていた。

着流しに総髪の武士は、板塀に囲まれたおまさの家の前に立ち止まった。

おまさの家の板塀の木戸には、横木が釘《くぎ》で打ち付けられていた。

おまさが捕えられ、家は闕所《けっしょ》とされたのだ。

〝闕所〟とは、罪人の所有物を没収する刑である。

粂四郎は、おまさの家の前に立つ着流しに総髪の武士を見守った。

おまさの家が闕所となり、仏具屋『真妙堂』に何の変わりもないのは、鬼火の政五郎の押込みが失敗した証《あかし》だ。

着流しに総髪の武士は、鬼火の政五郎の押込みの首尾を見定めに来た。そして、押込みの不首尾を知ったのだ。

粂四郎は読んだ。

それでどうする……。

粂四郎は、着流しに総髪の武士を見張った。

着流しに総髪の武士は、おまさの家の前を離れて両国広小路に向かった。

粂四郎は追った。

両国広小路は、相変わらず賑《にぎ》わっていた。

着流しに総髪の武士は、両国広小路の雑踏を足早に抜けて大川に架かっている両国橋に進んだ。

粂四郎は追った。

着流しに総髪の武士は、両国橋を渡り始めた。

行き先は本所か深川……。

喬四郎は読んだ。

本所竪《たて》川には、荷船の船頭の歌声が長閑《のどか》に響いていた。

着流しに総髪の武士は、竪川沿いの道を東に進んだ。そして、竪川に架かっている一つ目《ひとつめ》之橋、二つ目《ふためめ》之橋、三つ目《みつめ》之橋の袂《たもと》を過ぎた。

何処迄《まで》行く気だ……。

喬四郎は尾行た。

着流しに総髪の武士は、竪川と交差する横川に架かっている北辻《きたつじ》橋を渡って北に曲がった。

横川沿いには、旗本や大名の武家屋敷が並んでいた。

着流しに総髪の武士は、三軒目の武家屋敷に進んだ。

武家屋敷は表門を閉めていた。

着流しに総髪の武士は、表門脇の潜り戸から武家屋敷に入った。

喬四郎は見届けた。

誰の屋敷だ……。

喬四郎は、武家屋敷の前の通りを眺めた。

通りに人影はなかった。

不意に鐘が鳴った。

午《うま》の刻九つ（正午）を報せる時の鐘だ……。

喬四郎は、時の鐘を鳴らす鐘撞堂《かねつきどう》を探した。

時の鐘の鐘撞堂は、横川を挟んだ向い側の入江《いりえ》町にあった。

喬四郎は来た道を戻って北辻橋を渡り、入江町の鐘撞堂に急いだ。


時の鐘は、江戸の者に時刻を報せるものであり、鐘撞堂は日本橋本石《ほんごく》町を始めとして江戸市中に数ヶ所あった。

喬四郎は鐘撞堂を訪れ、鐘を突き鳴らす時の鐘役に尋ねた。

「ああ、向い側の御屋敷ですか……」

時の鐘役は、横川の向こう側にある武家屋敷を眺めた。

「うむ。誰の屋敷か知っているかな……」

「はい。加賀国金沢藩《かがのくにかなざわ》の持ち物だと聞いておりますが……」

「加賀国金沢藩……」

喬四郎は眉をひそめた。

加賀国金沢藩前田《まえだ》家は百万石の大名であり、御三家の尾張《おわり》、紀伊《きい》、水戸に続く家格の大藩だった。

「ええ。あの御屋敷が何か……」

時の鐘役は、興味津々で喬四郎を窺った。

「うむ。どのような者たちが出入りしているのかな」

「お侍さまの他にですか……」

「うむ……」

「そう云えば、浪人さんや行商人、托鉢《たくはつ》坊主に山伏、いろんな人が出入りしていますね」

時の鐘役は眉をひそめた。

「そうか……」

喬四郎は、時の鐘役に礼を述べて金沢藩の持ち物だと云う武家屋敷に戻った。

加賀国金沢藩の持ち物であり、浪人、行商人、托鉢坊主、山伏などが出入りしている武家屋敷……。

浪人、行商人、托鉢坊主、山伏などは、忍びの者が変装しやすい者たちだ。

金沢藩の忍びの者か……。

もし、忍びの者なら武家屋敷は金沢藩の忍び宿なのかもしれない。

喬四郎は、見定めてみる事にした。


牛込弁天町の光明寺は、静けさに覆われていた。

喬四郎は、光明寺の宿坊に向かった。

宿坊には、老忍びの喜平はいなかった。

喜平は、はぐれ忍びとして誰かに雇われて出掛けたままなのだ。

喬四郎は、庫裏の裏の作事小屋に向かった。


作事小屋の炉には火が燃えていた。

寺男の万七は、炉の傍らで忍び道具を作っていた。

「邪魔をする……」

喬四郎が、作事小屋に入って来た。

「お前さんか……」

万七は、薄笑いを浮かべた。

「うむ……」

「何か用かい……」

「本所横川に忍び宿があると聞いたが、知っているか……」

喬四郎は尋ねた。

「本所横川の忍び宿……」

万七は聞き返した。

「うむ……」

喬四郎は、万七を見据えた。

「そんな噂は聞いた事があるが、本所横川に忍び宿はないぜ」

「ない……」

「ああ。あるとしたら何処かの大名の抱え忍びの宿だろうな」

「そうか……」

万七は、本所横川の武家屋敷を知っている。

知っていながら知らない振りをして、言葉を濁している……。

喬四郎は睨《にら》んだ。

「そいつがどうかしたのかい……」

万七は、それとなく探りを入れて来た。

「うむ。忍びらしい着流しに総髪の武士を見掛けてな……」

喬四郎は、万七の興味を誘った。

「着流しに総髪の武士……」

万七は眉をひそめた。

「ああ。その身のこなし、どう見ても忍びの者でな。それで尾行たのだが、本所横川の武家屋敷に入った」

喬四郎は、万七の反応を見ながら告げた。

万七は、狼狽《うろた》えも慌てもしなかった。

着流しに総髪の武士と拘りはない……。

喬四郎は見定めた。

「そうかい。処で根来の、粂吉はどうした」

万七は、喬四郎に笑い掛けた。

その笑みは、喬四郎が粂吉を追っていたのを知っている証だった。

「死んだよ」

「死んだ……」

万七は驚いた。

嘘はない……。

万七の驚きに嘘はなく、粂吉の死を知らなかった。

「ああ。盗賊の一味として大店《おおだな》に押込もうとしたが、企てが洩れていたのか、追い詰められて死んだ……」

喬四郎は告げた。

「そうかい、粂吉は死んだか。裏柳生も口ほどにもねえ……」

万七は嘲笑《ちょうしょう》を浮かべた。

「万七、粂吉は此処で合鍵《あいかぎ》を作っていたようだが、何処の何の合鍵か、知っているか……」

「ああ。あの合鍵か……」

「うむ……」

「本当かどうかしれねえが、ありゃあ天下をひっくり返せる物に辿《たど》り着くのに必要な合鍵だって、粂吉が云っていたぜ」

万七は告げた。

「天下をひっくり返す物に辿り着く合鍵……」

喬四郎は眉をひそめた。

「ああ。尤《もっと》も粂吉は、天下をひっくり返せる物で金を強請《ゆす》り取るつもりだったようだがな」

「金を強請り取る……」

「ああ。そう云やあ、粂吉が死んで、合鍵はどうなったのかな……」

万七は、喬四郎に鋭い眼差《まなざ》しを向けた。

「さあて、粂吉が後生大事にあの世に持って行ったかな……」

「あの世に……」

「ああ。今頃は地獄の獄卒の牛頭馬頭《ごずめず》に取り上げられ、閻魔《えんま》が持っているかもな……」

喬四郎は、不敵な笑みを浮かべた。

作事小屋は、格子窓から差し込む夕陽に赤く染まった。

夜道を行き交う人は疎《まば》らだった。

喬四郎は、弁天町の光明寺を出て神楽坂に向かった。

誰かが見ている……。
喬四郎は、追って来る者の気配を感じた。
何者だ……。
喬四郎は、それとなく背後を窺った。
背後には夜の闇が広がるばかりで、人影は見えなかった。
こっちの素性を知っての尾行なら、それなりに腕の立つ忍びの者だ。
喬四郎は読んだ。
光明寺を塒《ねぐら》にしているはぐれ忍び……。
もし、そうだとしたなら万七の指示によるものなのかもしれない。
万七は、喬四郎が粂吉を追い詰めて始末し、合鍵を奪ったと睨んでいる筈《はず》だ。
何者だ……。
喬四郎は、万七の素性が気になった。
寺男を装った只《ただ》の忍びの者ではないのかもしれない。
迂闊《うかつ》だった……。
喬四郎は、秘《ひそ》かに悔んだ。
視線は追って来る。

どうする……。
此のまま尾行を許し、正体を突き止められる訳にはいかない。
始末する……。
喬四郎は、矢来下の武家屋敷の間を通って通寺町に進んだ。
通寺町には町家と寺が連なっていた。
人通りはない……。
喬四郎は、寺の間の路地に曲がって地を蹴《け》り、土塀の屋根に伏せた。
夜の闇から忍びの者が現れ、喬四郎を追って寺の間の路地に走った。
刹那《せつな》、喬四郎は手裏剣を投げた。
忍びの者は、咄嗟《とっさ》に身を投げ出して躱《かわ》した。
喬四郎は、手裏剣を連射した。
忍びの者は、縦横に転がって逃れた。
喬四郎は、土塀の屋根を蹴って夜空に高々と跳んだ。

二

喬四郎は、夜空に高々と跳んだ。
忍びの者は、夜空に跳んだ喬四郎に手裏剣を投げた。
喬四郎は、刀を抜き打ちに一閃した。
甲高い金属音が短く鳴った。
忍びの者の手裏剣は弾《はじ》き飛ばされた。
喬四郎は、刀を手にして忍びの者に襲い掛かった。
忍びの者は、大きく跳び退いた。
喬四郎は着地し、忍びの者に鋭く斬り掛かった。
忍びの者は刀を抜き払った。
刹那、喬四郎は己の作った小さな苦無《くない》を素早く放った。
小さな苦無は煌《きら》めき、忍びの者の腹に突き刺さった。
忍びの者は顔を歪め、苦無を腹から引き抜いて投げ棄て、逃げようとした。
「動くな……」

喬四郎は制した。

「急に動けば、毒の廻《まわ》りが早くなる……」

喬四郎は苦笑した。

「お、おのれ……」

忍びの者は、小さな苦無に毒が塗ってあったと知り、恐怖に顔を歪めた。

血が、小さな苦無を引き抜いた腹から滴り落ちた。

「光明寺の万七に頼まれて俺を襲ったか……」

喬四郎は訊いた。

「し、知らぬ……」

忍びの者は、必死に惚《とぼ》けた。

「そして俺を斃し、懐の合鍵を奪えとな。そうだな……」

喬四郎は読んだ。

「だったら、どうすると云うのだ……」

忍びの者は、万七に頼まれての事だと言外に認めた。

読みの通りだ……。

喬四郎は笑った。

「よし。早く帰って傷の手当をするが良い」

喬四郎は告げた。

「何……」

忍びの者は眉をひそめた。

「苦無に毒など塗ってはおらぬ……」

「えっ……」

忍びの者は、呆然《ぼうぜん》と立ち尽した。

腹から血が滴り落ちた。

喬四郎は笑い、踵《きびす》を返した。


「光明寺の寺男の万七か……」

才蔵は、眉をひそめて酒を飲んだ。

「うむ。油断のならぬ奴だ」

喬四郎は、手酌で酒を飲んだ。

「ああ。それにしても、天下をひっくり返す物に辿り着く合鍵とはな……」

才蔵は、手酌で己の猪口《ちょこ》に酒を満たした。

「ああ……」

喬四郎は、懐から革袋に入れた合鍵を出して見せた。

「天下をひっくり返すなんぞ、盗賊と忍び崩れに出来る筈もねえ。粂吉の背後には、着流しの総髪の武士がいるか……」

才蔵は、合鍵を手に取って検《あらた》めた。

合鍵には鑢《やすり》が丁寧に掛けられ、粂吉が大切にしていたのが窺われた。

「ああ。その着流しで総髪の武士の入った本所横川の武家屋敷は、加賀国は金沢藩の持ち物だそうだ……」

喬四郎は酒を飲んだ。

「もし、金沢藩が拘っているなら、天下をひっくり返すってのも、有り得るか……」

才蔵は笑った。

「うむ……」

喬四郎は頷いた。

「横川の武家屋敷に忍んでみるか……」

才蔵は、楽しそうに笑った。

「才蔵、金沢藩の忍び宿なら忍びの者がいる筈。忍び込んで無事に済むかどうかは分からぬ。忍び込むのは暫《しばら》く様子を見てからだ」

喬四郎は決めた。

「分かった。ならば、俺が横川の武家屋敷を見張ろう」

「頼む。俺は引き続き、粂吉が何故、連雀町の仏具屋真妙堂に押込もうとしたのか、
そして、天下をひっくり返す物とは何か、追ってみる……」

喬四郎は、合鍵を革袋に入れて懐に仕舞い、手酌で酒を飲んだ。

神田連雀町の仏具屋『妙真堂』に変わった様子は窺えなかった。

喬四郎は、斜向いにある古い蕎麦屋の暖簾を潜った。

「こりゃあ、お侍……」

蕎麦屋の老亭主は、喬四郎を迎えた。

「亭主、せいろ蕎麦を貰おうか……」

喬四郎は、注文をして窓辺に座った。

「へい、ちょいとお待ちを……」

老亭主は、喬四郎に出涸しを出して板場に入った。

喬四郎は、窓の外を眺めた。

窓の外には、仏具屋『真妙堂』が見えた。

あの店の何処かに天下をひっくり返せる物がある……。

喬四郎は、仏具屋『真妙堂』を眺めた。

「おまちどおさま……」

老亭主が、せいろ蕎麦を持って来た。

「おう……」

喬四郎は食べ始めた。

「お侍、お客に物知りの御隠居さんがいましてね。面白い話を聞きましたぜ」

蕎麦屋の老亭主は、皺《しわ》だらけの顔に笑みを浮かべた。

「ほう。面白い話か……」

「ええ……」

「どんな話だ」

「大きな声じゃあ云えませんが、謀反人ですよ、謀反人……」

老亭主は、得意気に囁いた。

「謀反人……」

喬四郎は、戸惑いを浮かべた。

「今、真妙堂のある処に、大昔は謀反人たちの学問所があったそうですよ」

「謀反人の学問所……」

喬四郎は、厳しさを過《よ》ぎらせた。

「ええ……」

「して、その謀反人ってのは誰だ……」

「由比正雪《ゆいしょうせつ》って軍学者だそうですぜ」

老亭主は告げた。

「由比正雪……」

喬四郎は眉をひそめた。


七十年余り昔、神田連雀町の仏具屋『真妙堂』がある処には、由比正雪と名乗る軍学者の張孔堂《ちょうこう》と称する軍学の学問所があった。

軍学者の由比正雪は、門弟たちを率いて幕府転覆を企てた謀反人だとされていた。

条吉が盗賊鬼火の政五郎の一味として、仏具屋『真妙堂』の押込みを企てたのは、謀反人の由比正雪に拘る何かを狙っての事なのかもしれない。

謀反人の由比正雪に拘る何かは、七十年余りもの間、張孔堂のあった仏具屋『真妙堂』の敷地の何処かに秘匿されているのだ。

粂吉はそれを狙っていた。

おそらく、謀反人の由比正雪に拘る何かが天下をひっくり返す物なのだ。

由比正雪に拘る何か……。

七十年余り昔の謀反人由比正雪が拘っているとなると、忍び崩れの盗賊の粂吉一人の手に余る。

粂吉の背後には、天下をひっくり返す野望を抱く者が潜んでいるのだ。

野望を抱く者が加賀百万石の金沢藩であり、その意を受けて動いているのが着流しに総髪の武士なのかもしれない。

喬四郎は睨み、一件に秘められた事の重大さに緊張した。

何《いず》れにしろ、由比正雪に就いて詳しく調べる必要がある。

喬四郎は、新たな闘志が湧くのを感じずにはいられなかった。

横川は、大川に続く源森《げんもり》川から竪川、小名木川、仙台《せんだい》堀を北から南に横切り、本所と深川木置場を結んでいる。

才蔵は、本所入江町の時の鐘の隣にある小さな煙草屋の老婆に金を握らせた。そして、店先の縁台に腰掛け、横川越しに武家屋敷を見張っていた。

武家屋敷は表門を閉じており、裏門に続く横手の路地から行商人や托鉢坊主が出入りをしていた。

忍びの者……。

才蔵は、出入りしている行商人や托鉢坊主を身のこなしや足取りから忍びの者と睨んだ。

喬四郎の睨み通り、武家屋敷は忍び宿なのかもしれない。

才蔵は、着流しに総髪の武士が出て来るのを待った。

四半刻《しはんとき》が過ぎた。

「出涸しだけど、飲むかい……」

煙草屋の老婆が、才蔵に出涸し茶を持って来た。

「ああ。すまないね、戴くよ」

才蔵は、出涸し茶を啜《すす》った。

武家屋敷の表門脇の潜り戸が開き、着流しに総髪の武士が出て来た。

着流しに総髪の武士……。

「婆さん、彼奴《きやつ》の名前を知っているかな」

「ああ。氷川蔵人《ひかわくらんど》って奴だよ」

老婆は、眼を細めて着流しに総髪の武士を眺めた。

「氷川蔵人……」

才蔵は、着流しに総髪の武士の名を知った。

氷川蔵人は、塗笠《ぬりがさ》を目深に被《かぶ》って竪川に向かった。

「婆さん、又来るぜ」

才蔵は、氷川蔵人を横川越しに追った。


竪川に出た氷川蔵人は、落ち着いた足取りで大川に向かった。

才蔵は、慎重に追った。


喬四郎は、謀反人である軍学者由比正雪に就いて調べた。

軍学者由比正雪は、駿河国由比の染物屋の子として生まれ、江戸に出て軍学者の楠不伝《くすのきふでん》の弟子となり、その後を継いで楠流軍学を神田連雀町の張孔堂で教えた。

その門弟は、旗本、大名の家来、浪人など三千人を数えたとされる。

慶安《けいあん》四年（一六五一）七月。

幕府の政《まつりごと》は、三代将軍家光《いえみつ》が四月に死んで以来の混乱が続いていた。由比正雪はその混乱に乗じ、浪人救済を目的として幕府転覆を企てた。しかし、事は露見し、荷担した浪人たちは一掃され、由比正雪は駿府《すんぷ》の旅籠《はたご》で自刃した。世に云う〝慶安事件〟である。

由比正雪の謀反には、御三家紀州徳川頼宣《とくがわよりのぶ》が関与していると噂された。だが、確かな証拠はなく、噂は噂のままで消えた。

紀州徳川頼宣は、吉宗の祖父だった。

由比正雪の拘る天下をひっくり返す物とは、紀州徳川頼宣が慶安事件に関与したと云う確かな証拠なのかもしれない。

喬四郎は読んだ。

如何《いか》に吉宗でも、祖父の頼宣が正雪の謀反に関与した証を天下に公表されると、将軍職を継ぐ正統性を疑われ、天下はひっくり返るかもしれない。

もし、そうだとするなら、それは紀伊徳川家と吉宗に対する攻撃と云える。

紀伊徳川家と吉宗に対する遺恨……。

喬四郎は睨んだ。

忍び崩れの盗賊条吉の背後には、着流しに総髪の武士を始めとした者たちが潜んでいるのだ。

着流しに総髪の武士は、本所横川にある加賀国金沢藩の持ち物とされる武家屋敷に出入りをしている。

となると、由比正雪に拘る物で吉宗を追い詰めて天下をひっくり返そうとしているのは、金沢藩前田家と云う事になる。

喬四郎は読んだ。

だが、金沢藩前田家が紀伊徳川家と吉宗に遺恨を抱いているとは思えない。

喬四郎は、微《かす》かな困惑を覚えた。

陽は西の空に大きく傾いた。

氷川蔵人は、西日を顔に受けて大川に架かる両国橋を渡った。

才蔵は追った。

氷川蔵人は、両国広小路から神田川沿いの柳原通りに進み、八ッ小路に向かった。

連雀町の仏具屋『真妙堂』に行くのか……。

才蔵は、氷川蔵人の行き先を読んだ。

氷川蔵人は、八ッ小路から連雀町に進んだ。

読みの通りだ……。

才蔵は、慎重に尾行を続けた。

仏具屋『真妙堂』は夕陽に照らされ、手代や小僧たちは店仕舞いの仕度をしていた。

氷川蔵人は、物陰に佇んで仏具屋『真妙堂』を眺めた。

何をする気だ……。

才蔵は見守った。

仏具屋『真妙堂』の奉公人たちは、店先を片付けて掃除を終えようとしていた。

店仕舞いの時だ……。

夕陽は沈み、仏具屋『真妙堂』は大戸を閉めて店仕舞いをした。

陽は暮れた。

通いの奉公人たちが、店仕舞いをした仏具屋『真妙堂』から帰り始めた。

氷川蔵人は、通いの奉公人たちが帰ったのを見定めた。そして、仏具屋『真妙堂』の横手の路地に入った。

仏具屋『真妙堂』の店の奥には、板塀に囲まれた母屋があった。
氷川蔵人は店の横手の路地に入り、母屋を囲む板塀沿いを一廻りした。
忍び口を探している……。
才蔵は睨んだ。
氷川蔵人は、仏具屋『真妙堂』の忍び口を探し、押込むつもりなのかもしれない。
氷川蔵人は、仏具屋『真妙堂』から離れて八ッ小路に向かった。
才蔵は追った。

夜の八ッ小路に行き交う人は少なかった。
氷川蔵人は、八ッ小路から神田川沿いの柳原通りに進んだ。
本所横川の武家屋敷に戻るのか……。
才蔵は追った。
柳原通りには柳森稲荷《やなぎもりいなり》があり、鳥居の前には葦簀《よしず》張りの屋台が安酒を売っていた。
氷川蔵人は、葦簀張りの屋台に入った。
才蔵は見届け、間を置いて葦簀張りの屋台に入った。
「いらっしゃい……」

「酒をくれ」

　才蔵は、迎えた店の親父に酒を注文した。

小さな明かりの灯《とも》された葦簀張りの屋台の傍には幾つかの縁台が置かれ、人足や行商人や托鉢坊主たち雑多な客が腰掛けて安酒を飲んでいた。

氷川蔵人は、行商人や托鉢坊主たちに混じって酒を飲んでいた。

「お待ちどお……」

店の親父は、湯呑茶碗《ゆのみぢゃわん》に注がれた酒を才蔵に出した。

「おう……」

才蔵は酒を飲んだ。

水っぽく不味《まず》い安酒だった。

才蔵は、不意に気が付いた。

氷川蔵人が一緒に酒を飲んでいる行商人や托鉢坊主は、本所横川の武家屋敷から出て行った者たちなのだ。

才蔵は眉をひそめた。

一緒に何かをやる気か……。

才蔵は読んだ。

押込む……。
才蔵は気が付いた。
氷川蔵人たちは、仏具屋『真妙堂』に押込む気なのだ。
どうする……。
才蔵は思案した。
押込みの邪魔をするか……。
それとも、氷川蔵人に押込ませ、何をするのか見定めるか……。
才蔵は迷った。

半刻が過ぎた。
才蔵は、葦簀張りの屋台を出て鳥居の陰に潜んだ。
氷川蔵人たちはそろそろ動く……。
才蔵は読み、先に葦簀張りの屋台を後にしたのだ。
氷川蔵人は、行商人や托鉢坊主と一緒に葦簀張りの屋台から出て来た。
才蔵は見守った。
氷川蔵人は、行商人や托鉢坊主と共に柳森稲荷の境内に入った。そして、境内の隅で半纏《はんてん》や衣を脱ぎ棄て忍び姿になった。
やはり、氷川蔵人たちは忍びの者であり、仏具屋『真妙堂』に押込むつもりなのだ。
才蔵は読み、仏具屋『真妙堂』に走った。

仏具屋『真妙堂』は明かりも消え、静寂に包まれていた。
才蔵は、仏具屋『真妙堂』の屋根の上に潜み、八ッ小路から続く暗い道を透かし見た。
暗い道に人影が揺れた。
来た……。
才蔵は、見定めようとした。
暗い道を来る人影は三人、氷川蔵人たちに間違いない。
才蔵は見定めた。
氷川蔵人たちは、死んだ粂吉に代わって仏具屋『真妙堂』に押込むつもりなのだ。
そう迄して、仏具屋『真妙堂』に押込む理由は何なのだ……。
才蔵は、困惑を覚えた。

忍び姿の氷川蔵人たち三人は、仏具屋『真妙堂』の横手の路地に向かった。

氷川蔵人に押込みをさせず、捕える……。

才蔵は決め、手裏剣を放った。

忍びの者の一人が、手裏剣を受けて倒れた。

氷川蔵人と残る忍びの者は、咄嗟に左右に跳んで身構えた。

才蔵は、氷川蔵人に手裏剣を放った。

氷川蔵人は、手裏剣を躱して闇に跳んだ。

残る忍びの者は、才蔵の居場所に気付いて仏具屋『真妙堂』の屋根の上に跳んだ。

才蔵は、屋根の上に着地する前の忍びの者に手裏剣を放った。

忍びの者は、手裏剣を胸に受けて屋根の上に落ちた。

才蔵は駆け寄り、胸に手裏剣を受けて踠《もが》いている忍びの者を引き摺《ず》り起こし、一緒に屋根から飛び降りた。

氷川蔵人が放った手裏剣が、唸《うな》りをあげて飛来した。

才蔵は、一緒に飛び降りた忍びの者を盾にした。

唸りをあげて飛来した手裏剣は、忍びの者の身体に次々と突き刺さった。

才蔵は着地し、忍びの者の死体を盾にして氷川蔵人を窺った。

氷川蔵人は、既に姿を消していた。

おのれ……。

才蔵は、悔しく吐き棄て闇に消えた。

三

行燈《あんどん》の火は、喬四郎と才蔵を仄《ほの》かに照らしていた。

「そうか、着流しに総髪の氷川蔵人に逃げられたか……」

喬四郎は、才蔵から事の顛末《てんまつ》を聞き終えた。

「うん。それで本所横川の屋敷に逃げたと睨んで、直ぐに追ったんだが……」

「本所横川の屋敷に逃げ戻った気配はなかったか……」

喬四郎は訊いた。

「ああ。氷川蔵人、自分たち以外の忍びが動いていると知り、本所横川の屋敷を棄てたかもしれない」

才蔵は読んだ。

「うむ……」

「それにしても、条吉に続いて氷川蔵人も押込もうとは。真妙堂に何があるのか……」

才蔵は、微かな苛立《いらだ》ちを過ぎらせた。

「おそらく由比正雪に拘る物だ……」

喬四郎は告げた。

「由比正雪……」

才蔵は眉をひそめた。

「ああ。七十年余り昔、謀反を起こした軍学者だ」

「謀反……」

才蔵は驚いた。

「ああ……」

「その大昔の謀反人の由比正雪ってのが、今度の一件に拘っているのか……」

才蔵は戸惑った。

「おそらくな……」

喬四郎は、由比正雪に関する事を詳しく話して聞かせた。

「上様の祖父頼宣公が由比正雪の謀反に荷担していたと云う証か……」

才蔵は、戸惑いを浮かべた。

「おそらくな……」

喬四郎は頷いた。

「じゃあ、粂吉はそいつを狙って鬼火一味と押込みを企てたのか……」

「うむ。だが、粂吉は失敗した。それ故、氷川蔵人が忍び込もうとした」

喬四郎は読んだ。

「それにしても、どうしてそんな物が仏具屋の真妙堂にあるのだ」

才蔵は首を捻った。

「七十年余り前、仏具屋真妙堂のある場所に由比正雪の張孔堂と云う軍学所があった。おそらく、謀反が露見し、由比正雪が自刃した後、張孔堂は公儀に没収され、取り壊されて更地にされた。そして、二十年後に真妙堂の先代が買い取って仏具屋を建てた。その時、地面に埋められていた物が掘り出された。その中に証となる物もあった。違うかな……」

喬四郎は読んだ。

「うん。きっとそうだろうが……」

「明日にでも確かめてみる」

「確かめる……」

才蔵は、喬四郎に怪訝《けげん》な眼を向けた。

「うむ……」

喬四郎は、小さな笑みを浮かべた。

行燈の火は瞬いた。


神田連雀町の仏具屋『真妙堂』は、己を巡っての殺し合いがあったとも知らず、いつも通りの商売をしていた。

「邪魔をする」

喬四郎は、仏具屋『真妙堂』を訪れた。

「いらっしゃいませ」

手代が迎えた。

「うむ。主の喜左衛門どのにお逢《あ》いしたい」

喬四郎は告げた。

「は、はい。失礼ですが、お侍さまは……」

「私は南町の者だ」

嘘も方便だ……。

喬四郎は、南町奉行所の役人を装った。

「は、はい。少々、お待ち下さい」

手代は、店の奥に立ち去った。

喬四郎は、框《かまち》に腰掛けて店の中を見廻した。

店の中には豪華な仏壇が並び、様々な仏具が売られていた。そして、番頭や手代たちが客の相手をしていた。

喬四郎は、背の低い屏風《びょうぶ》で仕切った奥の帳場に座っている白髪頭の老番頭に気が付いた。

老番頭は、背の低い屏風の陰からぼんやりと店を眺めていた。

「お待たせ致しました。どうぞ、お上がり下さい」

手代が戻って来た。

「うむ……」

喬四郎は、框に上がった。

仏具屋『真妙堂』喜左衛門は、喬四郎を母屋の座敷に通した。

中庭の木洩れ日は煌めき、母屋の座敷は静けさに満ちていた。

喬四郎は、出された茶を飲んで喜左衛門が来るのを待った。

「御待たせ致しました……」

恰幅《かっぷく》の良い初老の男が入って来た。

「真妙堂の主の喜左衛門にございます」

喜左衛門は、外連味《けれんみ》なく穏やかに告げた。

「私は倉沢喬四郎、ちょいと訊きたい事があって参上致した」

喬四郎は笑い掛けた。

「はい。どのような……」

「実は盗賊を捕えた処、こちらに押込む企てがあると白状しましてな」

「盗賊が手前共に押込みを……」

喜左衛門は、緊張を浮かべた。

「左様。で、此の合鍵を持っていましてな」

喬四郎は、粂吉が作った合鍵を見せた。

「此は……」

喜左衛門は、合鍵を見て顔色を変えた。

「心当り、あるようだな」

「え、ええ……」

「金蔵の合鍵かな」

「いいえ、違います……」

喜左衛門は、戸惑った面持ちで頷いた。

「違う。ならば喜左衛門どの、金蔵には金の他に謀反人由比正雪の遺《のこ》した物もあると聞いたが、まことかな……」

喬四郎は、不意に斬り込んだ。

「く、倉沢さま……」

喜左衛門は狼狽えた。

それは、由比正雪の事を知っている証だ。

喬四郎は見定めた。

「その昔、此処には由比正雪の張孔堂と云う軍学所があり、謀反が露見した後、闕所となって取り壊され、更地にされた。そして、五十年前に先代が買い取り、真妙堂を建てた。その普請の時、由比正雪の遺した物が見付かった……」

喬四郎は、己の読みを告げた。

「倉沢さま……」

喜左衛門は、微かに震えた。

「そうだな……」

喬四郎は、喜左衛門を見据えた。

「はい。ですが、何分にも真妙堂を建てたのは五十年も昔の事、手前は未《ま》だ子供で父の代にございます。此処が由比正雪の張孔堂があった場所だと云ぅ事以外、詳しい事は……」

「知らぬか……」

喜左衛門は眉をひそめた。

「はい……」

「ならば、知っている事だけで良い。教えてくれぬか……」

「それは、もう……」

喜左衛門は頷いた。

「では、訊くが、此の地に由比正雪の遺した物はあったのか、なかったのか……」

喬四郎は尋ねた。

「ありました……」

喜左衛門は、喉《のど》を鳴らして頷いた。

「やはり、あったか……」

「父の話では、普請を始めた頃、庭の隅にあった小さな稲荷《いなり》堂の跡から手文庫ぐらいの鉄の箱が掘り出されたそうです」

「鉄の箱……」

謀反人由比正雪の遺した物は、手文庫ぐらいの鉄の箱だった。

「はい。その中に油紙で厳重に包まれた何通かの書状があったそうです」

「何通かの書状……」

喬四郎は眉をひそめた。

「その書状には何が書かれていたのかな……」

「さあ、そこ迄は存じませんが、由比正雪に宛てた密書だったとか……」

喜左衛門は声を潜めた。

「由比正雪に宛てた密書……」

喬四郎は緊張した。

「はい。父がそう申しておりました」

喜左衛門は頷いた。

「差出人が誰かは……」

密書の差出人が紀州徳川頼宣ならば、由比正雪の謀反に荷担していたと云う証になるのかもしれない。

喬四郎は、緊張を覚えた。

「さあ、そこ迄は……」

喜左衛門は、困惑を浮かべた。

「そうか。して、その密書は……」

密書を読めば、すべてが判明する。

「五十年前、父が秘かに始末しました」

喜左衛門は告げた。

「秘かに始末した……」

喬四郎は戸惑った。

「はい。下手に御公儀に届けると、あらぬ疑いを掛けられる。かと云って隠し持っていると、恐ろしい災いが及ぶと……」

「始末したのか……」

喬四郎は念を押した。

「左様にございます。ですが、父は手文庫程の鉄の箱は残し、沽券《こけん》や重要な証文入れにしましてね。手前も。例の合鍵はその鉄の箱の合鍵だと思います」

喜左衛門は告げた。

「そうか、合鍵は手文庫程の鉄の箱のものか……」

仏具屋『真妙堂』の先代は、謀反人由比正雪との拘りを疑われるのを恐れ、何もかもを闇の彼方《かなた》に葬ったのだ。

喬四郎は、仏具屋『真妙堂』の先代の賢明さと慎重さを知った。

「倉沢さま、盗賊は由比正雪の密書を奪う為、押込もうとしたのですか……」

「いや。勿論《もちろん》、狙いは金蔵の金だが、事の序《つい》でに正雪の遺した物も奪い、欲しがっている者に高く売り付ける魂胆だったのだろう」

喬四郎は、己の読みを告げた。

「そうですか……」

喜左衛門は、心配げに眉を曇らせた。

「して喜左衛門どの、真妙堂の者で由比正雪の事を知っている者は他にいるか……」

「知っているとしたら、父の代から店にいる番頭の庄兵衛ぐらいですか……」

「番頭の庄兵衛……」

「はい。五十年前は手代でして、父には随分と可愛がられておりました。ですから、庄兵衛は知っていると思いますが、何分にも七十近くで半分は隠居状態、昔の事を覚えているかどうか……」

喜左衛門は首を捻った。

「そうですか……」

喬四郎は、帳場の奥にぼんやりと座っていた老番頭を思い出した。

番頭の庄兵衛だ……。

庄兵衛に訊いても無駄なのかもしれない……。

喬四郎は睨んだ。

「倉沢さま、手前共はどうしたら宜しいのでしょう」

「うむ。喜左衛門どの、捕えた盗賊には仲間がいる。その者共が未だ押込みを企てているやもしれぬ。我らも気を配るが、呉々《くれぐれ》も気を付けるのだな」

「はい……」

喜左衛門は、真剣な面持ちで頷いた。

「ならばこれで……」

喬四郎は、刀を手にして立ち上がった。

由比正雪への密書……。

忍び崩れの盗人粂吉と氷川蔵人が、仏具屋『真妙堂』から盗み取ろうとしていたのは、由比正雪に届けられた密書なのだ。

密書の差出人は何者で、何が書き記されていたのか……。

差出人が吉宗公の祖父の頼宣であり、謀反に荷担すると書き記されていたとしたら事は重大だ。だが、その由比正雪への密書は、仏具屋『真妙堂』の先代が五十年前に始末していた。

粂吉や氷川蔵人が、仏具屋『真妙堂』に押込んだ処で由比正雪の遺した物はなかったのだ。

氷川蔵人たちは、由比正雪の遺物がないのを知らず、未だ仏具屋『真妙堂』の押込みを企《たくら》んでいる筈だ。

さあて、どうする……。

喬四郎は、次に打つ手を思案した。

本所横川の武家屋敷に人の出入りは途絶えていた。

才蔵は、横川を挟んだ小さな煙草屋から武家屋敷を見張った。

「今朝から何だか妙だよ」

煙草屋の婆さんは、横川の向こうの武家屋敷に眉をひそめた。

「何が妙なんだい……」

才蔵は尋ねた。

「行商人や托鉢坊主たちがいなくなっちまったようだよ」

婆さんは首を捻った。

「そうか……」

行商人と托鉢坊主は、仏具屋『真妙堂』で才蔵が斃した。

才蔵は、煙草屋の婆さんの様子を窺う眼の鋭さに感心した。

「氷川蔵人はどうだ……」

「見掛けないよ」

「そうか……」

「きっと、もう戻らないね。うん……」

婆さんは、妙に自信を持って決め付けた。

「どうしてだ」

「そんな気がするんだよ」

婆さんは歯のない口で笑い、小さな煙草屋の奥に入って行った。

「そうか……」

婆さんの睨みは正しいのかもしれない。

見定めるか……。

才蔵は、武家屋敷に忍んでみる事にした。


「氷川蔵人は姿を消したか……」

「ああ。押込みに失敗して、自分が見張られていると気が付いたのだろう。本所横川の武家屋敷は棄てたようだ」

才蔵は読んだ。

「うむ。よし、ならば才蔵、お前は本所横川の武家屋敷が噂通り金沢藩のものかどうか突き止めろ」

喬四郎は命じた。

「心得た……」

「俺は真妙堂に張り付いて、再び氷川蔵人が押込んで来るのを待つ……」

「それで、押込んできたら、殺すのか、捕えるのか……」

才蔵は、喬四郎の出方を訊いた。

「いや。追い払う」

「で、行き先を突き止めるか……」

才蔵は読んだ。

「ああ。そして、此度《こたび》の一件の背後に潜んでいる者を見定める」

喬四郎は、厳しい面持ちで告げた。

「だが、氷川蔵人、再び真妙堂に押込みを仕掛けて来るかな……」

才蔵は、首を捻った。

「必ず来る……」

「由比正雪の遺した物を狙ってか……」

「うむ。既に無いのにあると思ってな……」

喬四郎は苦笑した。

「既に無い……」

才蔵は眉をひそめた。

「うむ……」

喬四郎は、何者かが由比正雪に送った密書について才蔵に教えた。

「成る程、氷川蔵人は、そいつが既に無いと気が付く迄は、真妙堂の金蔵に押込もうとするか……」

才蔵は、嘲《あざけ》りを浮かべた。

「ああ。とにかく氷川蔵人の背後に潜む者と企てに秘められたものだ」

喬四郎は、不敵に笑った。


横川は緩やかに流れていた。

才蔵は、武家屋敷を見張った。

中年の下男が風呂敷《ふろしき》包みを抱え、武家屋敷から出て来て竪川に向かった。

才蔵は追った。

中年の下男は、竪川に出て川沿いの道を両国橋に進んだ。

抱えている風呂敷包みは細長かった。

文箱《ふばこ》だ……。

中年の下男は、何処かに文箱に入った書状を届けに行く。

才蔵は睨んだ。

大川に架かっている両国橋には多くの人々が行き交っていた。

中年の下男は、両国橋を渡って神田川沿いの柳原通りを八ッ小路に進んだ。

何処に行く……。

才蔵は追った。

八ッ小路から神田川に架かる昌平橋を渡り、湯島から本郷通りを行くと、噂の加賀国金沢藩の江戸上屋敷がある。

中年の下男は、金沢藩江戸上屋敷に行くのかもしれない……。

才蔵は読み、尾行を続けた。

才蔵の読みは当たった。

中年の下男は、本郷通りにある加賀国金沢藩江戸上屋敷を訪れ、南の裏門に廻った。

才蔵は、南側の土塀の上に跳んで裏門番所を窺った。

裏門番所では、中年の下男が番士に文箱を差し出していた。

番士は文箱を受け取り、足早に表御殿に向かった。

役目を終えた中年の下男は、裏門番所の中間《ちゅうげん》たちと親しげに言葉を交わし、出された茶を啜った。

やはり、本所横川の武家屋敷は、噂通り加賀国金沢藩と拘りがあるのだ。

才蔵は見定めた。


蕎麦屋の二階の部屋から仏具屋『真妙堂』が見える。

喬四郎は、二階の小部屋を借りて見張り場所にした。

『真妙堂』喜左衛門は、喬四郎の忠告に従ってそれなりの警戒をしているようだ。

喬四郎は、仏具屋『真妙堂』の周囲に今迄に見掛けなかった者たちがいるのに気付いた。

托鉢坊主が経を読み、羅宇《ラウ》屋が道端に店を開き、玩具《おもちゃ》の弥次郎兵衛《やじろべえ》売りが子供たちに囲まれていた。

見張っている……。

喬四郎は、托鉢坊主、羅宇屋、弥次郎兵衛売りが忍びの者であり、仏具屋『真妙堂』を見張っていると気付いた。

氷川蔵人の手の者……。

喬四郎は睨んだ。

氷川蔵人は、才蔵に押込みを邪魔されて忍びの者の存在を知り、慎重に事を進め始めたのだ。

面白い……。

氷川蔵人が何処の忍びの者かは分からぬが、必ず斃して背後に潜む者の陰謀を暴く。

喬四郎は、不敵な笑みを浮かべた。

四

托鉢坊主は、店を広げて煙管《キセル》の雁首と吸口の間の竹を取り替えたり、脂《やに》取りをしている羅宇屋に目配せをして仏具屋『真妙堂』の傍から離れた。

追ってみるか……。

喬四郎は、塗笠を手にして蕎麦屋の二階から駆け下りた。

托鉢坊主は、連雀町から八ッ小路に向かっていた。

喬四郎は、塗笠を目深に被って追った。

八ッ小路に出た托鉢坊主は、神田川に架かっている昌平橋を渡り、明神下《みようじん》の通りを不忍池に進んだ。

不忍池に行くのか……。

喬四郎は読んだ。

不忍池には水鳥が遊び、水面《みなも》には幾つもの波紋が広がっていた。

托鉢坊主は、不忍池の畔《ほとり》を進んだ。

喬四郎は尾行た。

托鉢坊主は立ち止まった。

喬四郎は、木陰に素早く隠れた。

托鉢坊主は振り返り、饅頭笠《まんじゆうがさ》を上げて喬四郎を見た。

誘いか……。

喬四郎は、背後を窺った。

氷川蔵人と弥次郎兵衛売りがいた。

喬四郎は、誘い出されたのに気付いた。

「何者だ……」

氷川蔵人は、嘲りを浮かべた。

「さあてな……」

喬四郎は苦笑した。

「鬼火の政五郎と粂吉の押込みの邪魔をしたのもお前か……」

氷川蔵人は、喬四郎を見据えた。

「だったら、どうする……」

喬四郎は、氷川蔵人の出方を窺った。

「此以上の邪魔はさせぬ……」

氷川蔵人は、微かな怒りを過ぎらせた。

「出来るかな……」

喬四郎は誘った。

刹那、傍らの雑木林から喬四郎に十字手裏剣が飛来した。

喬四郎は、咄嗟に木の幹に身を隠した。

飛来した十字手裏剣が、木の幹に音を立てて次々に突き刺さった。

裏柳生……。

十字手裏剣の鋒《きつさき》は三角型になっており、裏柳生の忍びの者が使う物だった。
裏柳生の忍びの者たちが雑木林から現れた。
喬四郎は地を蹴り、托鉢坊主に向かって走った。
托鉢坊主は、錫杖《しやくじよう》に仕込んだ直刀を抜いて構えた。
喬四郎は、走りながら刀の鯉口《こいぐち》を切り、托鉢坊主と激突した。
托鉢坊主は、直刀を斬り下げた。
喬四郎は、抜き打ちの一刀を放った。
閃光《せんこう》が交錯し、血が飛んだ。
托鉢坊主は首の血脈を斬られ、血を滴らせて斃れた。
「おのれ、斬れ……」
氷川蔵人は命じた。
弥次郎兵衛売りたち忍びの者が、喬四郎に殺到した。
喬四郎は、殺到する弥次郎兵衛売りたち忍びの者に托鉢坊主の直刀を投げた。
直刀は唸りをあげ、先頭の忍びの者の胸板を貫いた。
忍びの者は、大きく仰《の》け反《ぞ》って斃れた。
草が千切れ、砂利が弾け、血が飛び散った。

弥次郎兵衛売りたち忍びの者は怯《ひる》んだ。

喬四郎は、その隙を突いて雑木林に駆け込んだ。

氷川蔵人は、弥次郎兵衛売りに命じた。

「追え……」

「はっ……」

弥次郎兵衛売りは、喬四郎を追って雑木林に走った。

「忍びの者か……」

氷川蔵人は、喬四郎が忍びの者だと気が付いた。

「となると……」

氷川蔵人は、喬四郎の素性を読もうとした。

弥次郎兵衛売りは、雑木林を駆け抜けて裏通りに出た。

喬四郎の後ろ姿が、裏通りの先の辻《つじ》を曲がった。

弥次郎兵衛売りは、喬四郎を追って裏通りの辻に走り、曲がった。

曲がった先は往来であり、多くの人が行き交っていた。

弥次郎兵衛売りは、往来に喬四郎を探した。だが、喬四郎の姿は見えなかった。

逃げられたか……。

弥次郎兵衛売りは狼狽え、辺りに喬四郎を捜しながら往来を進んだ。

喬四郎は、弥次郎兵衛売りがいた傍の家の屋根から飛び降りた。

後を取った……。

喬四郎は、迂闊にも誘い出された己を恥じて慎重に辺りを窺った。

今度は間違いない……。

喬四郎は見定め、自分を捜しながら行く弥次郎兵衛売りを追った。

さあて、何処に行くか……。

弥次郎兵衛売りの行き先には、氷川蔵人と背後に潜む者がいるかもしれない。

喬四郎は、弥次郎兵衛売りを追った。


「じゃあ、屋敷の留守番頭の書状を上屋敷にいる江戸家老に届けたのか……」

才蔵は、中年の下男に酒を注いだ。

「ええ。こいつは忝《かたじけ》ねえ……」

中年の下男は頷き、注いで貰《もら》った酒を嬉しげに飲んだ。

「ああ、美味《うめ》え。昼酒は堪《こた》えられねえ」

中年の下男は、酒好きを丸出しにしていた。

「そいつは良かった」

才蔵は笑った。

中年の下男は使いを終えた帰り、一膳《いちぜん》飯屋に寄って一本の徳利《とっくり》の酒を嘗《な》めるように飲み始めた。

才蔵は、中年の下男が酒好きだと睨み、徳利を手にして近付いた。

中年の下男は、酒に釣られた。

「で、横川の屋敷にいた氷川蔵人や托鉢坊主たちは何者なんだい……」

「さあ、良くは分からねえが、上屋敷の御家老さまの知り合いらしくてね。留守番頭が暫く預かっていたんだよ」

「へえ、そうなのか……」

「お侍、氷川蔵人に用があるのかい」

「ああ。ちょいと金を貸していてね」

「返してくれないのか……」

「ああ、それで捜しているんだが、横川の屋敷を出て、何処に行ったか心当りはないかな」

「心当りねえ……」

「ああ、ないかな……」

「さあなあ。留守番頭なら知っているかもしれねえけど……」

中年の下男は酒を飲んだ。

「じゃあ、留守番頭にちょいと探りを入れてみてくれねえかな……」

才蔵は、中年の下男に一分銀を握らせた。

「お侍……」

中年の下男は戸惑った。

「心配するな。氷川蔵人に貸した金を取り戻せば、もっと弾むぜ」

才蔵は笑った。

「そうですかい。じゃあ、お侍が貸した金を取り戻せるように、氷川蔵人をちょいと調べてみますよ」

中年の下男は、一分銀を握り締めた。

「ああ。宜しく頼むぜ」

才蔵は、中年の下男に酒を注いだ。

隅田川の流れは、浅草吾妻《あづま》橋を潜ると大川と呼ばれていた。

弥次郎兵衛売りは、不忍池の畔から下谷広小路を抜けて浅草に来た。そして、隅田川に架かっている吾妻橋に向かった。

喬四郎は尾行た。

弥次郎兵衛売りは、吾妻橋を渡り始めた。

吾妻橋を渡って南に行けば本所深川であり、北に曲がれば向島《むこうじま》だ。

弥次郎兵衛売りはどちらに行くのか……。

本所に進んで横川に行けば、金沢藩のものだとされる武家屋敷がある。だが、氷川蔵人は本所横川の武家屋敷は棄てた筈だ。

となると……。

喬四郎は想いを巡らした。

弥次郎兵衛売りは、吾妻橋を渡って北に曲がった。

向島か……。

喬四郎は、源森川に架かる源兵衛《げんべえ》橋を渡り、水戸藩江戸下屋敷の門前を行く弥次郎兵衛売りを追った。

弥次郎兵衛売りは、向島の土手道を進んだ。そして、桜餅《さくらもち》で名高い長命寺《ちょうめいじ》の裏手に入った。

長命寺の裏手には、背の高い生垣に囲まれた料理屋風の屋敷があった。

弥次郎兵衛売りは、辺りに不審のないのを見定めて料理屋の木戸門を潜った。

喬四郎は見届け、料理屋を窺った。

料理屋には看板や暖簾《のれん》は掛かっておらず、訪れる客もいないようだ。

潰《つぶ》れた料理屋なのか……。

氷川蔵人たち裏柳生の忍びの者は、潰れた料理屋を塒にしているのかもしれない。

喬四郎は、料理屋を窺いながらその周囲を廻った。

料理屋の中は背の高い生垣で遮られ、その様子は窺えなかった。そして、土塀の廻された裏手には小さな雑木林があった。

忍び込むか……。

だが、喬四郎は微かな躊躇《ためら》いを覚えた。

どんなに微かな躊躇いでも、覚えた以上は止めた方が良い。

焦るな……。

喬四郎は己に言い聞かせ、料理屋について調べる事にした。

向島の田畑の緑は風に揺れた。


「裏の料理屋ですか……」

長命寺門前の茶店の亭主は眉をひそめた。

「ああ。商売していないようだな」

喬四郎は、茶を飲みながら尋ねた。

「ええ。半年前に潰れましてね。今は何処かの御武家の御隠居さまが隠居屋敷に改築されていますよ」

亭主は告げた。

「御武家の御隠居……」

喬四郎は眉をひそめた。

御武家の御隠居が、氷川蔵人たち裏柳生の忍びの者を束ね、謀反人由比正雪への密書を使った陰謀を企てているのかもしれない。もし、違っていたとしても、必ず繋《つな》がっている筈だ。

喬四郎は読んだ。

何れにしろ、一刻も早く見定めなければならない。

だが、裏柳生の忍びの者がいる限り、下手に忍び込めない……。

裏柳生の忍びの者が拘っている処を見ると、陰謀を企てているのは大和国《やまとのくに》柳生藩なのかもしれない。

柳生藩は一万石の大名であり、徳川幕府の初期の頃は総目付《そうめつけ》として隠然たる力を振るっていた。その隠然たる力の源は、裏柳生と称する忍び集団の存在だった。

裏柳生は、柳生宗家の手足となって諸大名を探り、弱味を握って潰す汚れ仕事をやって来た。しかし、時が過ぎるのに従い、将軍に疎まれて次第に隠然たる力を失った。そして今、柳生宗家は辛うじて大名家としての立場を維持しているのだ。

裏柳生は、柳生宗家の没落と共に力と立場を失い、忍びの者たちは他家に雇われて忍び仕事をしていた。

氷川蔵人たち裏柳生の忍びの者は、柳生藩が隠然たる力を取り戻す為に、天下をひっくり返す陰謀を企てているのか、それとも他の誰かに雇われて働いているのか……。

喬四郎は、様々な思いを巡らせた。

何れにしろ焦らず、事は慎重に運ぶ……。

喬四郎は決めた。

隅田川は滔々《とうとう》と流れ、土手の桜並木は緑の葉を揺らしていた。

神田連雀町に拍子木の音が響き、木戸番が夜廻りをしていた。

仏具屋『真妙堂』の軒行燈《のきあんどん》には火が灯され、大戸の隙間からは明かりが洩れていた。

主の喜左衛門は、盗賊の押込みを警戒して神道無念流《しんとうむねんりゅう》岡田十松《おかだじゅうまつ》の剣術道場『撃剣館《げきけんかん》』の門弟たちを不寝《ねず》の番に雇った。

『撃剣館』の門弟たちは、仏具屋『真妙堂』の店と母屋の警戒した。

喬四郎と才蔵は、蕎麦屋の二階の部屋から見守った。

「門弟たちが神道無念流のどれだけの遣い手は分からないが、斬り合いにでもなればそれなりの騒ぎになる。氷川蔵人も迂闊に押込めぬだろうな」

才蔵は笑った。

「うむ……」

喬四郎は、氷川蔵人たち裏柳生の忍びの者が現れるのを待った。

「それにしても向島の武家の隠居とは、何処の誰かだな……」

「ああ。裏柳生の総帥か、それとも裏柳生の忍びの者を雇っている者か……」

喬四郎は読んだ。

「しかし、柳生が紀州徳川家や吉宗公を取り立てて恨んでいるとは思えぬが……」

才蔵は眉をひそめた。

「うむ。柳生の没落は、吉宗公が将軍になる前からの話だからな」

喬四郎は頷いた。

才蔵が云う通り、裏柳生が紀州徳川家や吉宗を恨む理由はない。

だとすると、由比正雪への密書を使って紀州徳川家や吉宗に恨みを晴らそうと企てている者は、裏柳生の他にいるのだ。

喬四郎は読んだ。

「才蔵、此の一件を企てている者は、未だ俺たちの前に現れていないようだ」

喬四郎は、不敵な笑みを浮かべた。

夜廻りの木戸番の打つ拍子木の音は、寝静まっている連雀町に甲高く響き渡った。

その夜、氷川蔵人たち裏柳生の忍びの者たちは、仏具屋『真妙堂』に現れなかった。

紀州徳川家と吉宗を恨んでいる者……。

喬四郎は、吉宗が八代将軍の座に就いた時の情況を洗い直した。

紀州徳川藩の藩主だった吉宗は、七代将軍家継《いえつぐ》が八歳で病没して八代将軍の座に就いた。

八代将軍の候補には、吉宗の他に尾張徳川家七代藩主宗春《むねはる》がいた。紀州徳川家と尾張徳川家との暗闘は熾烈《しれつ》を極め、吉宗が徳川宗家を継いで八代将軍の座に就いた。

以来、尾張徳川家は紀州徳川家と吉宗を恨み、何かと陰謀を仕掛けて来ていた。

此度の一件も尾張徳川家の仕組んだものなのか……。

喬四郎は読んだ。

陰謀の絵図としては分かり易く、誰もが容易に納得出来るものだ。だが、それだけに出来過ぎているようにも感じられる。

吉宗が八代将軍の座に就いて不利益を蒙《こうむ》り、恨んでいる者は他にいないのか……。

喬四郎は、当時の情況を見直した。

幼くして病没した七代将軍家継は、六代将軍家宣《いえのぶ》の子だ。

家宣と家継の父子は、共に在職四年と云う短い将軍だった。

その父子二代の将軍を側用人《そばようにん》として支えたのは、間部詮房《まなべあきふさ》だった。

間部詮房は、家宣が甲府宰相《こうふさいしょう》徳川綱豊《つなとよ》であった時からの寵臣《ちょうしん》であり、甲府藩士から上野国高崎《こうずけのくにたかさき》藩五万石の大名に出世し、将軍側用人となって権勢を振るった男だった。

吉宗は八代将軍になった時、間部詮房を側用人から御役御免にし、越後国村上《えちごのくにむらかみ》に移封した。

間部詮房は失脚し、越後国村上で失意の内に没した。

以後、間部家は弟の詮言《あきとき》が家督を継ぎ、越後国村上から越前国鯖江《えちぜんのくにさばえ》に移されていた。

吉宗に排除、失脚させられ、上野国高崎から越後、越前に移されて遺恨を抱いているのかもしれない。

喬四郎は読んだ。

越前国鯖江藩間部家……。

喬四郎の前に、鯖江藩五万石間部家が大きく浮かびあがった。

七十年余り前の謀反人由比正雪への密書を使って紀州徳川家と吉宗を貶《おとし》め、天下をひっくり返して蘇《よみがえ》る。

間部詮言は、蘇る事を願った。
蘇る願いは、おそらく裏柳生も同じだ。
越前国鯖江藩藩主間部詮言は、裏柳生の忍びの者を雇った。
有り得るか……。
喬四郎は、吉宗が八代将軍の座に就いた時の情況を洗い、様々な場合を想定した。

第四章　亡者成敗

一

「張孔堂……」

吉宗は、小さな笑みを浮かべた。

「はい。仏具屋真妙堂は謀反人由比正雪の張孔堂の跡地に建てられていました」

喬四郎は告げた。

「やはりな。それにしても、由比正雪とは古い話だな……」

吉宗は苦笑した。

「はい。裏柳生の忍びは何者かに雇われ、由比正雪に宛てた密書を探しているようです」

「由比正雪に宛てた密書……」

吉宗は眉《まゆ》をひそめた。

「はい……」

「そのような物、まことあるのか……」

吉宗は、喬四郎に疑いの眼を向けた。

「はい……」

喬四郎は、吉宗を見詰めて頷《うなず》いた。

「ならば、誰からの密書だ……」

吉宗は、微《かす》かな怯《おび》えを過《よ》ぎらせた。

「それは分かりませぬ」

「分からぬだと……」

「はい。真妙堂の主《あるじ》の話では、五十年前の真妙堂普請の時に見付かり、今の主の父親、先代が御公儀にあらぬ疑いを掛けられたり、面倒に巻き込まれてはならぬと、始末をしたそうにございます」

「始末した……」

吉宗は、喬四郎を見据えた。

「はい……」

喬四郎は頷いた。

「だが、裏柳生の忍びを雇った者は……」

「その事を知らず、未《いま》だ真妙堂の金蔵に隠されていると……」

喬四郎は読んだ。

「思っているのか……」

「おそらく……」

「そうか……」

吉宗は、微かな安堵《あんど》を滲《にじ》ませた。

「上様、裏柳生の忍びを雇い、由比正雪への密書を探す者。如何《いかが》致しますか……」

喬四郎は、吉宗の出方を窺《うかが》った。

「早々に突き止めろ……」

吉宗は、厳しい面持ちで命じた。

喬四郎は知った。

吉宗は、一件が己に遺恨を抱いている者の仕業だと気付いているのだ。

「はっ……」

喬四郎は平伏した。

江戸城御休息御庭に微風《そよかぜ》が吹き抜けた。

牛込弁天町の光明寺の境内からは、落葉を燃やす煙りが揺れながら立ち昇っていた。

喬四郎は、山門を潜って境内に入った。

寺男の万七が、境内の隅で掃き集めた落葉を燃やしていた。

喬四郎は、万七に近付いた。

万七は、人の気配に振り返った。

「やあ……」

喬四郎は、万七に笑い掛けた。

「お前さんか……」

「道庵和尚、いるかな……」

「和尚さまに何の用かな」

「ちょいと訊《き》きたい事があってな」

「そうかい。和尚さまなら方丈《ほうじょう》にいるぜ」

万七は方丈を示した。

「ならば、邪魔をする」

閉められた障子には木洩《こも》れ日《び》が映え、眩《まぶ》しく揺れていた。

喬四郎は、方丈の座敷で住職の道庵と逢《あ》った。

「訊きたい事とは何だ……」

道庵は、喬四郎を見詰めた。

「裏柳生の氷川蔵人たちは、何処の誰の指図を受けて働いているのか知っていれば教えて欲しい」

喬四郎は、小細工なしに尋ねた。

「裏柳生の氷川蔵人か……」

道庵は眉をひそめた。

「うむ……」

「氷川蔵人はある隠居に雇われ、大名や大身旗本の弱味を探っていると聞いている」

「ほう。大名や大身旗本の弱味か……」

「ああ。弱味を握って金を強請《ゆす》る。裏柳生も落ちたものだ……」

道庵は苦笑した。

「して、ある隠居とは……」

「おぬし、何者だ……」

道庵は、喬四郎に探る眼を向けた。

「私は根来の忍び……」

「正体だ……」

道庵は遮った。

「正体……」

喬四郎は眉をひそめた。

「根来は紀州、紀州は八代将軍吉宗公がかつて治めていた所領。となると……」

道庵は、喬四郎に笑い掛けた。

腹の中を覗《のぞ》くかのような狡猾《こうかつ》な笑みだった。

「和尚、私が正体を明かせば、氷川蔵人を雇っている隠居が何処の誰か教えてくれるのかな……」

喬四郎は苦笑した。

「うむ。それに金だ……」

道庵は、狡猾な笑みを浮かべて頷いた。

「金か……」

「ああ……」

「良いだろう。ならば隠居は……」

喬四郎は、道庵を促した。

「隠居は……」

道庵は声を潜めた。

刹那《せつな》、紙の裂ける音がし、障子に映えた木洩れ日が激しく揺れた。

道庵は眼を瞠《みは》り、痩《や》せた小柄な身体を僅《わず》かに仰《の》け反《ぞ》らせた。

喬四郎は素早く刀を取り、鞘《さや》ごと顔の前に立てた。

道庵は、眼を瞠ったまま前のめりに倒れ込んだ。

その背には苦無《くない》が深々と突き刺さり、血が滲んでいた。

「和尚……」

喬四郎は、道庵の死を見定めた。

口封じ……。

敵を見定める。

喬四郎は、木洩れ日の揺れている障子を蹴破《けやぶ》り、縁側に転がり出た。

棒手裏剣が飛来した。
喬四郎は、縁側から庭に大きく跳んだ。
縁側に棒手裏剣が次々と突き立った。
喬四郎は、庭の隅に降り立った。
棒手裏剣が風を切って追って来た。
喬四郎は、木立に隠れた。
棒手裏剣は、木立の幹に突き刺さった。
何者だ……。
喬四郎は、木立の陰から忍びの者を捜した。
庭の植込みが僅かに揺れた。
喬四郎は、木の幹に突き刺さっていた棒手裏剣を取り、植込みに投げた。
忍びの者が植込みの陰から現れ、方丈の陰に跳んだ。
喬四郎は追った。
方丈の向こうに忍びの者の姿はなく、宿坊と作事小屋があった。
喬四郎は宿坊に走った。

宿坊は薄暗く、人の気配はなかった。
喬四郎は、宿坊の連なる小部屋を覗いた。
連なる小部屋には、喜平を始めとしたはぐれ忍びは一人もいなかった。
喬四郎は見定め、作事小屋に向かった。

作事小屋には誰もいなく、炉に火が燃えているだけだった。
寺男の万七は何処だ。
炉の燃える火から青い火花が散った。
拙《まず》い……。
次の瞬間、喬四郎は作事小屋から素早く飛び出した。
同時に炉が爆発した。
喬四郎は、爆風に突き飛ばされて倒れ込んだ。
作事小屋は崩れ、燃え上がった。
万七……。

喬四郎は、寺男の万七を捜した。

だが、万七は現れなかった。

喬四郎は気付いた。

住職の道庵の口を封じ、喬四郎を襲った裏柳生の忍びの者は寺男の万七なのだ。

作事小屋は燃え続けた。

駆け付けて来る人の騒《ざわ》めきと、半鐘の音が鳴り響き始めた。

此迄《これまで》だ……。

喬四郎は、光明寺の裏の土塀を越えて引き上げた。


はぐれ忍びに仕事の口利きをしていた光明寺住職の道庵は、寺男の万七に口封じで殺された。

寺男の万七は、既に裏柳生の氷川蔵人に籠絡《ろうらく》され、内通者になっていたのだ。

喬四郎は読んだ。

裏柳生の忍び氷川蔵人を雇っている隠居が何処の誰かは、分からなかった。

最早《もはや》、向島の隠居屋敷を見張るしかない。

喬四郎は、向島に急いだ。

雑木林と背の高い生垣に囲まれた隠居屋敷は、静けさに満ちていた。

光明寺の寺男の万七は、既に来ているのかもしれない。

喬四郎は、隠居屋敷を窺った。

静けさに満ちた隠居屋敷には、結界が張られていた。

隠居と氷川蔵人は、万七の報《しら》せを受けて逸早《いちはや》く結界を張ったのかもしれない。

下手に忍び込んだり、探りを入れたりするのは危ないだけだ。

隠居と氷川蔵人たち裏柳生の忍びの者が動くのを待つしかないのだ。

喬四郎は、隠居屋敷の見える木立の陰に潜んだ。


仏具屋『真妙堂』に変わりはない。

才蔵は、蕎麦《そば》屋の二階の座敷から見張った。

昼間、神道無念流『撃剣館』の門弟たちは少なく、店先に姿を見せなかった。

姿を見せないのは裏柳生の忍びの者たちも同じであり、喬四郎の云っていた鋳掛屋も店を開いてはいなかった。

才蔵は、仏具屋『真妙堂』の前を行き交う人々に裏柳生の忍びの者を捜した。

八ッ小路から来る人々の中に、手拭《てぬぐい》で頰被《ほおかぶ》りをした老人足がいた。
あの老人足……。
才蔵は、頰被りをした老人足の身体付きや身のこなしに見覚えがあった。
喜平か……。
才蔵は、頰被りをした老人足がはぐれ忍びの喜平のように思えた。
老人足は立ち止まり、頰被りの手拭を取って仏具屋『真妙堂』を眺めた。
喜平だ……。
才蔵は見定めた。
喜平は、明らかに仏具屋『真妙堂』の様子を窺っていた。
才蔵は、喜平を見守った。
喜平は、誰かに雇われて仏具屋『真妙堂』の様子を探りに来たのか……。
才蔵は思いを巡らせた。
喜平は、仏具屋『真妙堂』を窺った後、辺りを見廻《みまわ》して来た道を戻り始めた。
追う……。
才蔵は、塗笠《ぬりがさ》を手にして蕎麦屋の二階の部屋から出た。

喜平は、行き交う人たちの中を八ッ小路に向かっていた。

才蔵は、塗笠を目深に被って喜平を追った。

喜平は、八ッ小路を抜けて神田川沿いの柳原通りに進んだ。

何処に行く……。

才蔵は追った。

喜平は、柳原通りを両国広小路に向かっていた。

風が吹き抜け、柳原通りの柳並木の緑の枝が一斉に揺れた。

喜平の姿が、揺れる柳の緑の枝に隠れた。

才蔵は、足取りを速めた。

喜平の姿はなかった。

しまった……。

才蔵は、喜平の姿が見えなくなった処に走った。

そこは柳森稲荷の入口だった。

才蔵は柳森稲荷を見た。

柳森稲荷の鳥居の前には、古着屋や骨董品《こっとうひん》屋、葦簀《よしず》張りの屋台の飲み屋などが軒を連ね、客が僅かにいた。そして、喜平が柳森稲荷の鳥居を潜って行くのが見えた。

才蔵は、微かな安堵を浮かべて喜平を追った。
柳森稲荷の境内に参拝客は少なかった。
喜平は、境内の隅の茶店で羽織袴《はおりはかま》の武士と逢っていた。
才蔵は、物陰から見守った。
喜平の逢っている羽織袴の武士は、何処の誰なのだ。
旗本か大名家の勤番《きんばん》武士か……。
才蔵は、羽織袴の武士の素性を読もうとした。
喜平は、羽織袴の武士に何事かを告げていた。
羽織袴の武士は頷き、手にしていた湯呑茶碗《ゆのみぢゃわん》を置いて茶店を出た。
どうする……。
才蔵は、此《こ》のまま喜平を見張るか、羽織袴の武士を尾行《つけ》るか迷った。
喜平は、物陰にいる才蔵に笑い掛けた。
何……。
才蔵は戸惑った。
喜平の唇が声を出さずに告げた。

「借りは返した……」
才蔵は、喜平の唇を読んだ。
喜平は、才蔵の尾行に気が付いていて羽織袴の武士と逢うのを見せたのだ。
才蔵は気が付いた。
それは、羽織袴の武士を追えと云う事なのだ。
喜平は苦笑し、茶を飲んでいた。
どうする……。
才蔵は迷った。
だが、迷いは一瞬だった。
才蔵は、羽織袴の武士を追った。

羽織袴の武士は、柳原通りを八ッ小路に向かっていた。
才蔵は、充分な距離を取って尾行た。
羽織袴の武士は何者だ……。
喜平は、何処の誰に雇われて何をしているのか……。
才蔵は、様々な疑念を抱きながら羽織袴の武士を追った。

隅田川の流れは煌《きら》めいていた。

武家駕籠《かご》は供侍《ともざむらい》を従え、雑木林と背の高い生垣に囲まれた隠居屋敷にやって来た。

喬四郎は、木立の陰から見守った。

武家駕籠は、隠居屋敷の木戸門を潜った。

誰だ……。

喬四郎は、武家駕籠に乗って来た者を見定める手立てを思案した。

見定める為には、昼日中の隠居屋敷に忍ばなければならない。

危ないがやるしかない……。

喬四郎は決めた。

隠居屋敷の横手から忍び込む……。

隠居屋敷は、前面と横手の途中迄を背の高い生垣、横手の途中から裏手を土塀で囲まれていた。

喬四郎は、隠居屋敷の横手に廻って土塀の上に跳んだ。そして、土塀の上から隠居屋敷を窺った。

土塀の向こうには、井戸や物置のある裏庭から続く横手の庭があり、隠居屋敷がある。
横手の庭の物陰には、忍びの者が潜んで警戒していた。
一人……。
喬四郎は、警戒する忍びの者が一人だと見定めた。
隠居屋敷の警戒は夜より昼が緩く、表と裏が厳しく横手は手薄なのだ。
喬四郎は、土塀伝いに物陰の忍びの者に忍び寄った。
忍びの者は気が付き、振り返った。
刹那、喬四郎は忍びの者に襲い掛かった。
忍びの者は、咄嗟《とっさ》に叫ぼうとした。
喬四郎は、遮るように忍びの者の喉《のど》に苦無を叩《たた》き込んだ。
忍びの者は眼を瞠り、悲鳴をあげる間もなく斃《たお》れた。
一瞬の出来事だった。
喬四郎は、忍びの者の死体を物陰に隠して隠居屋敷に忍び込んだ。
そこは奥に続く廊下だった。

武家駕籠に乗って訪れた武士は、奥の座敷で隠居と逢っている筈《はず》だ。
喬四郎は、傍の小部屋に忍び込んだ。

小部屋は薄暗く、人はいなかった。
喬四郎は、鴨居《かもい》に跳んで天井の隅の板を動かした。
天井板は動き、天井裏の暗がりが見えた。
喬四郎は、暗い天井裏の梁《はり》に上がり、周囲を窺った。
暗い天井裏は黴《かび》臭く、埃《ほこり》が積もっていた。
人が忍んでいる気配はない……。
喬四郎は見定めた。
だが、裏柳生の氷川蔵人たちが潜んでいる屋敷だ。
人の忍んでいる気配はなくても、どんな仕掛けが施されているか分からない。
暗い天井裏に鳴子《なるこ》などはなかった。
喬四郎は、苦無で梁の上に積もっている埃を静かに払った。
撒《ま》き菱《びし》が埃に塗《まみ》れて天井板に落ちた。
梁の埃の下には、小さな撒き菱が仕込まれていたのだ。

埃に塗れた撒き菱は、天井板に積もった埃の上に落ちて音を立てなかった。

撒き菱は、地面や床に撒いて敵の足の裏を傷付け、闘う力を奪う武器だ。

忍び込む者が、梁の上を進むと読んでの仕掛けだ。

喬四郎は、苦無で梁の上を探りながら油断なく奥に進んだ。

男の嗄《しゃが》れ声が微かに聞こえた。

喬四郎は、男の嗄れ声の聞こえた座敷の梁の上に伏せ、天井板の埃を綺麗《きれい》に払った。そして、小さな坪錐《つぼぎり》で天井板に穴を開け、身を乗り出して眼下の奥座敷を覗いた。

奥座敷には、禿頭の老人と初老の武士が向かい合っていた。

喬四郎は、禿頭の老人が隠居であり、初老の武士が武家駕籠で訪れた者だと睨んだ。

二

「ならば御隠居さま、どうあっても……」

初老の武士は、苦渋に満ちた声で禿頭の老人を見据えた。

「諄《くど》いぞ、高岡《たかおか》……」

御隠居と呼ばれた禿頭の老人は、嗄れ声で怒鳴り、初老の武士を睨《にら》み付けた。

「お言葉ですが、御隠居さま、密書が手に入らぬ限り……」

高岡と呼ばれた初老の武士は、微かな焦りを滲ませていた。

「黙れ。密書はある。仏具屋の真妙堂が張孔堂の跡地に店を建てた時に見付けたのは、掘り出した大工が云い残しているのだ」

「ですが、そのような物、真妙堂が既に始末《とど》したかも……」

高岡は、隠居を懸命に思い止まらせようとした。

「ならば高岡、何故に押込みの邪魔をする忍びの者がいるのだ。それも一度ならず、二度も。何故だ」

隠居は、嗄れ声を怒りに引き攣《つ》らせた。

「忍びの者が……」

高岡は驚き、厳しさを滲ませた。

「左様。得体の知れぬ忍びの者が動いている限り、紀州徳川頼宣が謀反人由比正雪に渡した密書は必ずあるのだ」

隠居は、紀州徳川頼宣が由比正雪に送った密書の存在を信じていた。

「御隠居さま……」

「その密書を見付け、紀州徳川頼宣は由比正雪の謀反に荷担していたと天下に報せ、吉宗の首を絞め上げてくれる……」

隠居は、嗄れ声に吉宗に対する恨みと怒りを込めた。

「御隠居さま……」

「高岡、帰って伝えろ。儂《わし》は恨みを晴らす為に死んだのだとな……」

隠居は嗄れ声で云い放ち、座を立った。

高岡は平伏した。

奥座敷には夕陽が差し込んだ。


儂は恨みを晴らす為に死んだ……。

喬四郎は、隠居の最後の言葉が忘れられなかった。

隠居は、既に死んだ事になっている者なのかもしれない。

隠居は何者だ……。

そして、高岡は何処の大名家の家臣なのだ。

何れ《いず》にしろ隠居は吉宗を恨み、紀州徳川家の弱味を握ろうとしている。

高岡は、隠居の説得に失敗し、悄然《しょうぜん》と奥座敷から出て行った。
何処の大名家の家臣なのか突き止める……。
喬四郎は、隠居屋敷を脱出した。

夕暮れ時が訪れた。
隠居屋敷の木戸門が開いた。
武家駕籠は、供侍たちを従えて木戸門から出て来た。
武家駕籠には、高岡が乗っている筈だ。
喬四郎は、木陰から見守った。
武家駕籠一行は、緑の田畑の間の道を向島の土手道に向かった。
行き先を突き止める……。
喬四郎は、木陰を出て武家駕籠一行を追った。

隅田川は夕暮れに染まった。
向島の土手道を行き交う人は途絶え、茶店は早々と大戸を降ろしていた。
武家駕籠一行は、人気のない土手道を吾妻橋に向かった。

喬四郎は追った。

殺気が襲い掛かった。

喬四郎は、咄嗟に地を蹴って空高く跳んだ。

十字手裏剣が、喬四郎のいた場所に次々と飛来した。

喬四郎は着地し、身構えた。

裏柳生の忍びの者たちが現れ、喬四郎を取り囲んだ。その中には弥次郎兵衛《やじろべえ》売りもいた。

喬四郎は、裏柳生の氷川蔵人に高岡たちを餌にして誘い出されたのに気付いた。

「根来の喬四郎、我らの邪魔も此迄だ……」

氷川蔵人が、薄笑いを浮かべている万七を従えて現れた。

「万七か……」

喬四郎は苦笑した。

「死んで貰《もら》う……」

氷川蔵人は、裏柳生の忍びの者たちに目配せをした。

忍びの者たちは地を蹴り、忍び刀を翳《かざ》して次々と喬四郎に飛び掛かった。

喬四郎は、最初に飛び掛かってきた弥次郎兵衛売りを抜き打ちに斬り棄てた。

弥次郎兵衛売りは、血を振り撒いて地面に激しく叩き付けられた。

二人目の忍びの者が、間髪を容《い》れずに襲い掛かった。

喬四郎に斬り棄てる間はなく、咄嗟に身体を捻《ひね》って躱《かわ》した。

三人目の忍びの者が襲った。

喬四郎は、身体を捻って体勢を崩しながらも必死に躱した。

四人目の忍びの者が、刀を煌めかせて続いた。

裏柳生の忍びの者たちは、喬四郎に体勢を立て直す間を与えず、息つく暇もなく代わる代わる攻撃を仕掛けた。

裏柳生の総掛り……。

喬四郎は、手傷を負い始めた。

氷川蔵人と万七は、嘲笑《ちょうしょう》を浮かべて見守っていた。

裏柳生の忍びの者たちの総掛りは続いた。

総掛りは切れ目なく、果てしなかった……。

喬四郎は焦った。

此のままでは斃される……。

喬四郎は、総掛りの攻撃から逃れる手立てを捜した。

隅田川からの風が吹き、土手の斜面の雑草が揺れた。
喬四郎は、襲い掛かる忍びの者に刀を一閃《いっせん》し、土手の斜面の草むらに飛び込んだ。
そして、隅田川に向かって斜面を転がった。
漸《ようや》く総掛りから逃れた……。
喬四郎は転がった。
裏柳生の忍びの者たちは、十字手裏剣を放った。
喬四郎は、斜面の草むらを転がって十字手裏剣を躱した。
裏柳生の忍びの者たちは、土手下に転がる喬四郎に刀を翳して殺到した。
喬四郎は跳ね起き、隅田川を背にして刀を構えた。
忍びの者たちは、喬四郎に斬り付けた。
喬四郎は刀を閃《ひらめ》かせた。
裏柳生の忍びの者は、血を飛ばして斃れた。
刹那、苦無が飛来し、喬四郎の左の肩に突き刺さった。
喬四郎は、激しい衝撃に思わず顔を歪《ゆが》めた。
氷川蔵人が一気に迫り、横薙《よこな》ぎの一刀を鋭く放った。
喬四郎は大きく仰け反り、そのまま隅田川に落ちた。

水飛沫《みずしぶき》が夕陽に煌めいた。

氷川蔵人、裏柳生の忍びの者たち、万七は、喬四郎の落ちた岸辺に駆け寄り、隅田川の流れを覗き込んだ。

隅田川に喬四郎の姿は見えなく、赤い血が浮かんで流れた。

「死んだか……」

万七は、嘲《あざけ》りを浮かべた。

「そいつは、死体を見てからだ。奴の死体を捜せ……」

氷川蔵人は冷笑を浮かべ、裏柳生の忍びの者たちに命じた。

裏柳生の忍びの者たちは、隅田川の下流に向かって散った。

氷川蔵人は見送った。

夕陽は沈み、隅田川の流れは大禍時《おおまがどき》の青黒さに覆われた。


満天の星は煌めいていた。

喬四郎は、大川の流れに仰向《あおむ》けになって身を任せていた。

左肩に打ち込まれた氷川蔵人の苦無は既に抜いた。

幸い、苦無に毒は塗られていなかった。

大川の流れの冷たさは、左肩の傷の痛みを半減させていた。
喬四郎は流された。
武家駕籠に乗った高岡と云う武士が、何処の藩の家臣か突き止める事は出来なかった。
そして、隠居の正体も……。
「儂は恨みを晴らす為に死んだ……」
喬四郎の脳裏には、隠居の言葉が蘇《よみがえ》った。
恨みを晴らす為に死んだ……。
隠居は、死んだ振りをして吉宗公に恨みを晴らそうとしている。
だとしたら……。
喬四郎は読んだ。
そうか……。
喬四郎は、吉宗に遺恨を抱く隠居の正体に思い当たった。
満天の星空が消えた。
喬四郎は、大川を流されて両国橋の下に来たのに気付いた。
満天の星空は、両国橋に遮られたのだ。

喬四郎は、両国橋の橋脚に摑《つか》まって梁にあがった。

三田小山《みたこやま》の通りの東側には寺が連なり、西側には大名屋敷があった。

羽織袴の武士は、夕暮れ前に大名屋敷に入った。

才蔵は、神田八ッ小路から羽織袴の武士を尾行て三田小山迄来た。そして、羽織袴の武士の入った大名家を調べた。

大名屋敷は、越前国鯖江藩五万石の江戸上屋敷だった。

越前国鯖江藩五万石間部家……。

才蔵は、羽織袴の武士が鯖江藩の家臣だと知った。

鯖江藩間部家については、喬四郎から聞いていた。

間部家家祖詮房は、吉宗によって家宣、家継の二代にわたって務めた側用人を御役御免にされ、上野国高崎から越後国村上藩に移封された。そして、詮房は村上の地で没した。

その後、間部家は越前国鯖江藩に移封されていた。

間部詮房は、己の失脚を吉宗の所為《せい》だと恨み、村上で死んで逝った。

そして、二代目の弟詮言は家督と共に兄詮房の吉宗への遺恨も相続したのかもしれない。

裏柳生の忍びの者を雇って謀反人由比正雪への密書を手に入れ、吉宗の失脚を企てているのは鯖江藩間部家の者……。

才蔵は睨んだ。

供侍を従えた武家駕籠がやって来た。

才蔵は見守った。

供侍の一人が鯖江藩江戸上屋敷の潜り戸に走り、表門を開けさせた。

武家駕籠は表門を潜り、鯖江藩江戸上屋敷に入って行った。

才蔵は見届けた。

鯖江藩江戸上屋敷は夜の闇に沈んだ。


神田連雀町の仏具屋『真妙堂』は寝静まっていた。

喬四郎は、向い側の蕎麦屋の二階の部屋に戻り、左肩の傷の手当をした。

木戸番が、拍子木を打ち鳴らして通り過ぎて行った。

喬四郎は、仏具屋『真妙堂』を見張った。

仏具屋『真妙堂』には、神道無念流『撃剣館』の門弟たちが詰め、警戒している筈だ。
だが、そうした気配は毛筋程も窺えない。
それは、警戒している神道無念流『撃剣館』の門弟たちが、手練《てだ》れだと云う証《あかし》なのだ。
喬四郎は読んだ。
五人の人影が、八ッ小路に続いている道に浮かんだ。
喬四郎は見守った。
五人の人影は、忍び装束に身を固めた氷川蔵人と万七たちだった。
喬四郎は見定めた。
氷川蔵人と万七たちは、仏具屋『真妙堂』の暗がりに忍んで店の中の様子を窺った。
変わった様子は窺えない。
万七は、氷川蔵人の指示を仰いだ。
氷川蔵人は頷き、促した。
万七は、鎖子抜《かけがねぬき》を出して大戸の潜り戸の掛金を外し始めた。

僅かな刻《とき》が過ぎ、潜り戸の掛金は外れた。
氷川蔵人は、配下の忍びの者に目配せした。
忍びの者は、掛金を外した潜り戸を開けた。
潜り戸は音も立てずに開いた。
忍びの者は、店に忍び込もうと屈《かが》み込んだ。
刹那、半弓の矢が屈み込んだ忍びの者の額に突き刺さって胴震いした。
忍びの者は、驚愕《きょうがく》に眼を瞠って尻餅《しりもち》をつき、仰向けに斃れた。
「退け……」
氷川蔵人は、万七や配下の忍びの者たちと退こうとした。
だが、暗がりから数人の武士が現れ、氷川蔵人たちを素早く取り囲んだ。
数人の武士は、鉢金《はちがね》に鎖帷子《くさりかたびら》、袴の股立《ももだ》ちを取った『撃剣館』の門弟たちだった。
氷川蔵人たちは怯《ひる》んだ。
「待ち兼ねたぞ、盗賊。神妙にしなければ容赦なく斬り棄てる……」
門弟たちは、静かに刀を抜いて構えた。
神道無念流の手練れ……。
氷川蔵人は、取り囲んだ武士たちが神道無念流『撃剣館』の高弟だと気が付いた。

仏具屋『真妙堂』は、既に護《まも》りを固めていたのだ。

此迄だ……。

氷川蔵人は、炮烙玉《ほうろくだま》を地面に叩き付けた。

火の粉が舞い上がり、白煙が噴き上げた。

門弟たちは怯んだ。

氷川蔵人、忍びの者、万七は、白煙に紛れて門弟たちの囲みを破って散り、路地や暗がりに逃げ込もうとした。

「おのれ、盗賊……」

門弟たちは直ぐに体勢を整え、忍びの者たちに鋭く斬り掛かった。

二人の忍びの者が逃げ遅れ、容赦なく斬り棄てられた。

門弟たちは、氷川蔵人、万七、残った忍びの者を追った。

万七は、狭い路地の暗がりを逃げた。

二人の門弟が追っていた。

万七は路地伝いに逃げ、連なる家並みの屋根に跳んで伏せた。

二人の門弟が、万七を捜しながら狭い路地を駆け抜けて行った。

万七は息を吐き、屋根の上に座った。

次の瞬間、万七は背後から口を塞《ふさ》がれ首を絞められた。

「だ、誰だ……」

万七は声にならない呻《うめ》きを洩《も》らし、踠《もが》きながら意識を失った。

喬四郎は、意識を失った万七を担いで連なる家並みの屋根を走った。


神田川の流れに月影は揺れていた。

喬四郎は、意識を失っている万七を船着場に繋《つな》がれている荷船に担ぎ込んだ。そして、手足を縛って目隠しをし、水を浴びせた。

万七は呻き、気を取り戻した。

「下手な真似をすると命は貰う……」

喬四郎は囁《ささや》いた。

目隠しで視覚を奪われ、相手の顔色や動きが見えないのは、予測できない恐ろしさを不気味に募らせる。

万七は、恐怖に震えて頷いた。

「万七、向島の隠居は何者だ……」

「し、知らねえ……」

万七は、首を横に振った。

喬四郎は、黙って小さな苦無を万七の膝《ひざ》に突き刺した。

万七は、不意の責めに短く呻いて震えた。

「隠居は何者だ……」

喬四郎は、万七の膝に刺した小さな苦無を押込んだ。

万七は、激痛に顔を歪めて呻いた。

「さ、鯖江藩の……」

万七は、声を引き攣らせた。

「鯖江藩の誰だ……」

「ま、間部、詮房……」

万七は観念した。

「間部詮房……」

睨み通りだ……。

やはり、間部詮房は死んではいなかった。

喬四郎は、向島の隠居が間部詮房だと漸く見定めた。

「そうだ……」

「間部詮房、己を御役御免にした吉宗公に遺恨を抱き、越後村上で死んだ振りをし、由比正雪への密書を使って吉宗公の失脚を企てているのか……」

喬四郎は読んだ。

「その通りだ……」

万七は頷いた。

「だが万七、由比正雪への密書は、真妙堂の先代が既に始末している」

「違う。由比正雪への密書は未《ま》だある……」

万七は、狡猾な笑みを浮かべた。

「密書は未だある……」

喬四郎は眉をひそめた。

「ああ……」

万七は、由比正雪への密書は未だあると云い出した。

「万七、真妙堂の先代が始末した筈の由比正雪への密書、未だあると云うのは嘘偽りではあるまいな」

喬四郎は、万七を厳しく見据えた。

「ああ。本当だ。嘘偽りじゃあねえ……」

万七は、不意の責めに怯えながら頷いた。

「だが、真妙堂の主の喜左衛門は、先代が始末して既にないと……」

喬四郎は眉をひそめた。

「子供だった喜左衛門は知らぬだけだ」

万七は、嘲りを浮かべた。

「ならば、誰が密書は未だあると云っているのだ」

「喜平だ……」

万七は告げた。

「喜平……」

喬四郎は、はぐれ忍びの喜平を思い浮かべた。

「ああ。喜平が由比正雪への密書は、間違いなく真妙堂に未だあると云っていた」

「喜平がな……」

喜平なら信用出来るかもしれない……。

現に氷川蔵人や万七は喜平を信じ、仏具屋『真妙堂』に執拗《しつよう》に押込もうとした。

「して、密書の差出人は何処の誰だ」

「そこまでは、喜平も云っていなかった」

「本当だな……」

「本当だ。嘘偽りじゃあない。詳しい事は喜平に訊いてくれ」

万七は、不意の責めを恐れて身を固くして声を震わせた。

嘘偽りは感じられない……。

喬四郎は睨んだ。

神田川の船着場に繫がれた荷船は、大きく揺れた。

三

謀反人由比正雪に宛てられた密書は、未だ仏具屋『真妙堂』にある。

だが、主の喜左衛門は知らず、知っているのは喜平だけだった。

はぐれ忍びの喜平……。

喬四郎は、喜平が何処にいるか万七に問い質《ただ》した。だが、万七は、喜平が何処で何をしているのかは知らなかった。

喜平を捜すのは容易ではない……。

仏具屋『真妙堂』は、氷川蔵人と万七たちの押込みを『撃剣館』の門弟たちが追い払った騒ぎの残滓《ざんし》も窺わせず、何事もなかったかのように商売をしていた。

喬四郎は、主の喜左衛門の賢明さと剛毅《ごうき》さに感心した。

だが、はぐれ忍びの喜平の話では、そんな喜左衛門も由比正雪への密書が遺《のこ》されているとは知らないのだ。

喜左衛門が知らぬ限り、仏具屋『真妙堂』で知る者はいない筈だ。

はぐれ忍びの喜平は、どうして由比正雪への密書が遺されているのを知ったのか……。

喬四郎は様々に読んだ。

「いたか……」

才蔵が、蕎麦屋の二階の部屋に現れた。

「何処に行っていた」

「三田だ……」

「三田……」

喬四郎は眉をひそめた。

「うむ、由比正雪への密書を探している者が分かった」

才蔵は小さく笑った。

「越前国鯖江藩間部家か……」

喬四郎は告げた。

「そうだ……」

才蔵は頷いた。

「どうして分かったのだ……」

「喜平が現れてな……」

「喜平が……」

「うむ。で、柳森稲荷で羽織袴の武士と逢った。喜平は己が逢ったその羽織袴の武士を追えと……」

「喜平がそう云ったのか……」

「ああ。それで羽織袴の武士を追った処、三田小山の大名屋敷に入った」

「その大名屋敷、鯖江藩の江戸屋敷か……」

「うむ……」

才蔵は頷いた。

「やはり、鯖江藩間部家か……」

「うむ。日が暮れてから駕籠が戻ったり、屋敷は何処となく緊張していた」

「駕籠か……」

喬四郎は、向島の隠居を訪れ、駕籠に乗って帰った〝高岡〟と云う名の初老の武士を思い浮かべた。

高岡は、鯖江藩の家臣なのだ。

喬四郎は知った。

「して、喜平の居場所、知っているのか……」

「いいや……」

「そうか……」

喬四郎は、微かに落胆した。

「喜平がどうかしたのか……」

才蔵は眉をひそめた。

「うむ……」

喬四郎は、万七が光明寺住職の道庵を殺した事、向島の隠居屋敷に忍んだ事、そして万七を責めて訊き出した事を才蔵に話した。

「それで、はぐれ忍びの喜平か……」

才蔵は、喬四郎が喜平の居場所を尋ねた理由を知った。

「うむ。どうやら、鍵《かぎ》は喜平が握っているようだ……」

「じゃあ、柳森稲荷に行ってみる」

才蔵は、刀を手にして立ち上がった。

「柳森稲荷……」

「ああ。喜平と最後に逢った処だ」

「よし。俺も行こう」

喬四郎は、才蔵と共に柳森稲荷に向かった。

柳森稲荷の参拝客は、鳥居の前に連なる露店の冷やかし客より少なかった。

喬四郎と才蔵は、はぐれ忍びの喜平を捜した。だが、柳森稲荷に喜平はいなかった。

「俺は暫《しばら》く此処《ここ》にいるよ」

才蔵は、喜平が現れるのを待つ事にした。

「そうか。じゃあ俺は、三田の鯖江藩江戸上屋敷に行ってみる」

喬四郎は、才蔵と別れて三田に向かった。

五十年前、仏具屋『真妙堂』の普請の時に掘り出された由比正雪への密書は、先代の主によって始末された。

今、それを知っている仏具屋『真妙堂』の者は、子供だった主の喜左衛門と手代だった老番頭の庄兵衛しかいない。

老番頭の庄兵衛……。

喬四郎は、帳場の奥の背の低い屏風《びょうぶ》の陰に座ってぼんやりと店を眺めていた老番頭の庄兵衛を思い出した。

当時、二十歳前の庄兵衛は何か覚えているかもしれない……。

喬四郎は、仏具屋『真妙堂』に急いだ。

仏具屋『真妙堂』には、神道無念流『撃剣館』の門弟たちの気配はなかった。

門弟たちは、昼間『撃剣館』に戻り、夜になると警戒に来ているのかもしれない。

喬四郎は出された茶を飲み、奥座敷で主の喜左衛門と老番頭の庄兵衛が来るのを待った。

「お待たせ致しました」

喜左衛門が、老番頭の庄兵衛を労《いたわ》るように連れて来た。

「いや。急に訪れ、すまぬな……」

喬四郎は詫《わ》びた。

「いいえ。番頭の庄兵衛にございます」

喜左衛門は、老番頭の庄兵衛を引き合わせた。

老番頭の庄兵衛は、ぼんやりとした眼差《まなざ》しで喬四郎に頭を下げた。

喜左衛門は、老いて惚《ぼ》け掛けた番頭の庄兵衛を店の功労者とし、本人の望み通り帳場の奥に座らせていた。

「庄兵衛、私は倉沢喬四郎と云う者だが、ちょいと訊きたい事がある」

「は、はい……」

庄兵衛は、不安げに主の喜左衛門を見た。

「番頭さん、何も心配は要りません。お尋ねの事に知っているものがあれば、何でもお答えしなさい」

喜左衛門は、庄兵衛に噛《か》んで含めるように告げた。

「は、はい……」

庄兵衛は頷いた。

「じゃあ……」

喜左衛門は、喬四郎に頷いた。

「番頭、五十年前、真妙堂を建てた時に由比正雪に宛てた密書が見付かったのを覚えているかな」

喬四郎は、庄兵衛に尋ねた。

「はい……」

庄兵衛は頷いた。

「で、先代は公儀にあらぬ疑いを掛けられたり、面倒に巻き込まれるのを嫌い、由比正雪への密書を始末した。間違いないな」

喬四郎は、庄兵衛を見詰めた。

庄兵衛は項垂《うなだ》れ、苦しそうに震えた。

やはり……。

喬四郎は眉をひそめた。

「どうしました番頭さん……」

喜左衛門は、庄兵衛に怪訝な眼を向けた。

「ち、違います」

庄兵衛は、声を震わせた。

「違う。違うって、何が違うんですか……」

喜左衛門は戸惑った。

「由比正雪に宛てた密書、本当は始末しなかったんだな」

喬四郎は読んだ。

「はい。先代の大旦那《おおだんな》さまは、手前に由比正雪への密書を燃やして始末しろと仰《おつしや》いました。ですが、手前は燃やさずに……」

庄兵衛は鼻を啜《すす》った。

「番頭さん……」

喜左衛門は驚いた。

「旦那さま、申し訳ございません」

庄兵衛は、喜左衛門に頭を下げて詫びた。

喜左衛門は、言葉を失った。

「ならば番頭、燃やさなかった由比正雪に宛てた密書は何処にあるのかな……」

喬四郎は、庄兵衛に笑顔で尋ねた。

「は、はい。手前の屛風の中に……」

庄兵衛は、項垂れて告げた。

「屛風……」

喬四郎は戸惑った。

「はい。余りにも見事な文字でしたのでお手本にしたくて、大旦那さまの言い付けを守らず、申し訳ありませんでした」

庄兵衛は、鼻を啜りながら詫びた。

「旦那、庄兵衛の屛風とは……」

喬四郎は尋ねた。

「はい。きっと、店の奥の自分の帳場に置いてある屛風だと思います。そうだね、番頭さん……」

喜左衛門は、庄兵衛に念を押した。

「はい……」

庄兵衛は頷いた。

「直ぐに持って参ります」

喜左衛門は、奥座敷を出て行った。

「お役人さま、悪いのは大旦那さまの言い付けを守らなかった手前です。旦那さまではありません。手前が悪いのでございます」

庄兵衛は、喬四郎に涙声で訴えた。

「心配するな。喜左衛門の旦那にもお前にも罪科は及ばない。だから、安心するが良い」

喬四郎は笑い掛けた。

「まことにございますか……」

庄兵衛は、安堵を浮かべた。

「ああ。嘘偽りはない。約束する」

「ありがとうございます」

庄兵衛は、喬四郎に深々と頭を下げた。

「お待たせ致しました……」

喜左衛門が、手代に二つ折りの背の低い屏風を運ばせて来た。

「此の屏風にございます。さあ……」

喜左衛門は、手代に命じて屏風を開かせた。

手代は屏風を開いた。

「御苦労だったね。店に戻りなさい」

喜左衛門は、手代に命じた。
「はい……」
手代は店に戻った。
喜左衛門は、由比正雪に宛てた密書に拘《かかわ》る者が増えるのを恐れている。
喬四郎は、喜左衛門の賢明さに感心しながら、開かれた屏風を覗き込んだ。
背の低い屏風は古く、様々な古い手紙が幾重にも貼られていた。
「此の屏風に貼られた古い手紙の中に、由比正雪に宛てた密書もあるのか……」
喬四郎は、庄兵衛に訊いた。
「左様にございます」
庄兵衛は頷いた。
喬四郎は、背の低い屏風に幾重にも貼られた手紙などを読んだ。
幾重にも貼られた手紙に、由比正雪に宛てた密書らしきものはなかった。
重ねて貼られた手紙の下にあるのか……。
喬四郎は、一枚の手紙の端に小柄《こづか》を差し入れて剝《は》がした。
手紙の端は容易に剝がれた。
布海苔《ふのり》だ……。

手紙は、布海苔で貼られていた。

喬四郎は、一枚の手紙を丁寧に剝がした。

手紙は綺麗《きれい》に剝がれた。

「布海苔ですか……」

喜左衛門は気が付いた。

「うむ。番頭、亡くなった大旦那に燃やせと命じられた由比正雪への密書は、貼られた手紙の下の方だな」

「はい……」

庄兵衛は、喉《のど》を鳴らした。

「よし……」

喬四郎は、布海苔で貼り付けられた手紙を一枚ずつ丁寧に剝がし始めた。

喜左衛門と庄兵衛は見守った。

柳森稲荷の境内には、神田川を行く船の櫓《ろ》の軋《きし》みが響いていた。

才蔵は、鳥居の陰に佇《たたず》んで喜平の現れるのを待った。

陽が西に大きく傾き始めた頃、小者姿の喜平がやって来た。

「漸く現れたか……」

才蔵は苦笑した。

喜平は、連なる露店の奥にある葦簀張りの屋台に進んだ。

才蔵は、葦簀張りの屋台に向かった。

「おう。やっぱりいたか……」

喜平は、才蔵に気が付いて笑顔で葦簀張りの屋台の前で立ち止まった。

「やあ……」

才蔵は、喜平の笑顔に戸惑った。

「ちょいと話がある。ま、入ってくんな」

喜平は、才蔵を葦簀張りの屋台に誘った。

「う、うむ……」

才蔵は、喜平に誘われて葦簀張りの屋台に入った。

屏風から剝がされた手紙は、既に十数枚を超えていた。

剝がされた手紙は、殆《ほとん》どが様々な仏具の注文書だった。

喬四郎は、手紙を読みながら丁寧に剝がし続けた。

紀州徳川頼宣の名と花押《かおう》の書かれた手紙は、容易に見付からなかった。

紀州徳川頼宣が、謀反人由比正雪に宛てた密書はない……。

喬四郎は、不意にそう感じた。

もしそうならば、紀州徳川頼宣が由比正雪の謀反に荷担した証はなくなる。

やはり、噂は噂でしかないのかもしれない。

喬四郎は、様々な想いを巡らせながら手紙を読み、剝がし続けた。

新たに数枚が剝がされた。

古い手紙を読む喬四郎の眼が鋭く輝いた。

喬四郎は、貼られている古い手紙を緊張した面持ちで読み始めた。

その顔の緊張は、戸惑いから困惑に変わっていった。

「倉沢さま……」

喜左衛門は、心配げな面持ちで喬四郎を見詰めた。

「あった……」

「ありましたか……」

喬四郎は、屛風に貼られている古い手紙を見詰め、吐息を洩らした。

「うむ……」

喬四郎は頷き、古い手紙を丁寧に剝がした。

「で、何方《どちら》が由比正雪に出した密書にございますか……」

喜左衛門は、喬四郎を窺った。

「喜左衛門、庄兵衛……」

喬四郎は、厳しい面持ちで喜左衛門と庄兵衛を見据えた。

「は、はい……」

喜左衛門は、喬四郎の様子に困惑した。

「由比正雪に宛てた密書はなかった……」

喬四郎は、丁寧に剝がした古い手紙を折り畳んで懐に入れた。

「えっ……」

喜左衛門と庄兵衛は、喬四郎の矛盾した言葉に驚いた。

「禍《わざわい》に巻き込まれたくなければ、謀反人由比正雪への密書は、やはり始末されていたとするが良い」

喬四郎は告げた。

「倉沢さま……」

喜左衛門は気が付いた。

喬四郎は、見付かった由比正雪への密書に拘るなと云っているのだ。

「喜左衛門、それが仏具屋真妙堂とおぬしの為だ……」

喬四郎は、喜左衛門を見据えた。

由比正雪に宛てた密書には、七十年余りも昔の事と雖《いえど》も仏具屋『真妙堂』と喜左衛門を禍に巻き込み、一瞬にして叩き潰《つぶ》す威力があるのだ。

喜左衛門は気が付き、思わず身震いした。

「分かりました。謀反人由比正雪に宛てた密書はやはりなかったと……」

喜左衛門は、喬四郎を見詰めて頷いた。

「うむ……」

喬四郎は微笑んだ。

「良いですね。番頭さん……」

喜左衛門は、庄兵衛に厳しく告げた。

「は、はい……」

庄兵衛は、困惑を浮かべながらも、身を固くして頷いた。

喬四郎は、庄兵衛の屏風に残された手紙を剝がして残らず検《あらた》めた。

謀反人由比正雪に宛てた手紙は、他に一通あった。

二通の密書には、同じ差出人の名前が書かれ、花押が描かれていた。

それにしても……。

喬四郎は、由比正雪への密書に秘められた事実に驚き、底知れぬ恐怖を覚えずにはいられなかった。

四

謀反人由比正雪に宛てた密書はあった。

喬四郎は、密書が間部詮房の手に渡る前に発見出来た事に安堵した。

二通の由比正雪への密書をどうするか……。

始末して此のままなかった事にするか、吉宗公に差し出すか……。

喬四郎は迷った。

才蔵が、楽しげな笑みを浮かべて現れた。

「どうした……」

喬四郎は戸惑った。

「喜平に逢った……」

「柳森稲荷でか……」

「うむ。喜平の奴、はぐれ忍びの根来の才蔵と喬四郎を雇いたいと云って来た」

才蔵は告げた。

「はぐれ忍びの根来の才蔵と喬四郎を……」

「ああ……」

「雇って何をさせる魂胆だ」

「向島に住む忍びの者に護られた武家の隠居を始末する手伝いだ」

才蔵は、面白そうに笑った。

「何だと……」

喬四郎は眉をひそめた。

向島に住む忍びの者に護られた武家の隠居とは、死を装っている間部詮房の事なのだ。

「して、雇い主は……」

「そいつは内緒で教えられぬと。だが、喜平は鯖江藩家中の者と繋がっている」

才蔵は薄く笑った。

「ならば、雇い主は鯖江藩の者であり、前の藩主を始末しようとしているのか……」

喬四郎は読んだ。

「そう云う事になるな……」

才蔵は頷いた。

喬四郎は、事態を読んだ。

鯖江藩間部家は、死を装って吉宗公に恨みを晴らそうとしている前藩主の間部詮房に手を焼いているのだ。

事が公儀や吉宗に洩れれば、鯖江藩間部家は取り潰され、家は断絶とされるのは必定だ。

それは、鯖江藩間部家の望む処ではない。

鯖江藩藩主の詮言と重臣たちは、詮房に思い止まるように必死に諫言《かんげん》した。しかし、詮房は思い止まらず、裏柳生の忍びの者を雇って紀州徳川家と吉宗の弱味を探し始めた。そして、辿《たど》り着いたのが、紀州徳川家家祖で吉宗の祖父である頼宣が由比正雪の謀反に荷担したと云う証の密書だった。

だが、鯖江藩は前の藩主の詮房の暴走を恐れ、闇の彼方《かなた》に葬ろうとしているのだ。

「どうする。隠居は雇い主が斃し、俺たちは隠居を護る忍びの者を始末すれば良いそうだが……」

才蔵は、喬四郎の出方を窺った。

「面白い。はぐれ忍びの根来の喬四郎、雇われよう」

喬四郎は、不敵な笑みを浮かべた。


標的は向島に住む武家の隠居……。

護る者は、僅かな家来と裏柳生の忍びの者共……。

はぐれ忍びの根来の才蔵と喬四郎は、裏柳生の忍びの者共を倒す。その間に、雇い主と配下の者が武家の隠居と家来たちを始末する。

雇い主は鯖江藩の重臣……。

喬四郎は、向島の隠居屋敷に訪れた高岡と云う名の初老の武士を思い浮かべた。

決行は明日の夜、亥《い》の刻四つ（午後十時）……。

手筈は整えられていた。


隅田川に月影は揺れ、向島は虫の音に覆われていた。

向島の竹屋《たけや》ノ渡《わた》し場には、老忍びの喜平がいた。

喬四郎と才蔵は、忍び装束に身を固めて現れた。

「やあ。来たかい……」

喜平は、喬四郎と才蔵を嬉《うれ》しげに迎えた。

「金は……」

才蔵は、はぐれ忍びの根来の才蔵として振る舞った。

「ああ……」

喜平は、才蔵と喬四郎に十両ずつ渡した。

「して、雇い主は……」

喬四郎は尋ねた。

「間もなく来る筈だ」

喜平は、隅田川の下流の闇を透かし見た。

屋根船が櫓を軋ませて闇から現れた。

「来た……」

喜平は笑った。

喬四郎と才蔵は、暗がりに入って見守った。

屋根船は、竹屋ノ渡し場に船縁《ふなべり》を寄せた。

初老の武士が、三人の配下を従えて屋根船を降りて来た。

やはり高岡だ……。

喬四郎は見定めた。

才蔵は、三人の配下の中に後を尾行た鯖江藩の家臣がいるのに気が付いた。

高岡は、暗がりに控えている喬四郎と才蔵を一瞥《いちべつ》した。

「喜平、御隠居さまは……」

高岡は尋ねた。

「隠居屋敷に……」

「人数は……」

「家来が二人、他に裏柳生の忍び氷川蔵人と配下の者が八人……」

「裏柳生の忍びの者共は……」

「我らが……」

喜平は、喬四郎と才蔵を示した。

「三人で大丈夫か……」

「御安心を……」

喜平は笑った。

「そうか。宜しく頼む……」

高岡は、喬四郎と才蔵に会釈をした。

「では、我らは先に……」

喜平は高岡に告げ、喬四郎と才蔵を促した。

隠居屋敷は月明かりを浴びていた。

喜平は、才蔵と喬四郎を従えて隠居屋敷の木戸門の前に佇んだ。

「俺が忍んで裏柳生の奴らを誘い出す。根来の衆は、そ奴らを頼む」

喜平は告げた。

「心得た……」

才蔵と喬四郎は頷いた。

喜平は木戸門から隠居屋敷に忍び込み、大屋根に跳んだ。

喜平は、隠居屋敷の大屋根に現れた。

大屋根に潜んでいた二人の裏柳生の忍びの者が気付き、身構えた。

殺気が湧き、虫の音が消えた。

喜平は笑った。

二人の裏柳生の忍びの者は、苦無を手にして喜平に迫った。
喜平は、大きく跳び退いた。
刹那、喬四郎と才蔵が大屋根に現れ、手裏剣を放った。
二人の裏柳生の忍びの者は、膝に手裏剣を受けて大屋根から転げ落ちた。
新たな裏柳生の忍びの者が二人、大屋根に現れて喜平に襲い掛かった。
喬四郎と才蔵は、喜平に襲い掛かる裏柳生の忍びの者に跳んだ。
裏柳生の忍びの者は狼狽《うろた》えた。
喬四郎と才蔵は、無言のまま裏柳生の忍びの者を苦無で刺した。
裏柳生の忍びの者は斃れた。
四人……。
喬四郎と才蔵は、四人の裏柳生の忍びの者を斃した。
「残る裏柳生は氷川蔵人と配下の四人……」
喜平は、嬉しげに笑った。
「何処の忍びの者共だ……」
氷川蔵人が、四人の忍びの者を率いて大屋根に現れた。
喜平は、素早く跳び退いて伏せた。

「裏柳生の氷川蔵人か……」

喬四郎は、嘲笑を浴びせた。

「おのれ……」

氷川蔵人は、喬四郎を怒りに燃える眼差しで見据えた。

次の瞬間、隠居屋敷から怒声があがった。

高岡と三人の配下が、隠居屋敷に斬り込んだのだ。

「御隠居を……」

氷川蔵人は気が付き、配下の忍びの者に御隠居を護るように命じた。

四人の忍びの者が大屋根から跳んだ。

喬四郎は、手裏剣を放った。

忍びの者の一人が、手裏剣を太股《ふともも》に受けて身体の均衡を崩して落ちた。

才蔵と喜平は、残る三人の忍びの者を追って大屋根を飛び下りた。

氷川蔵人が続こうとした。

喬四郎は、苦無を放った。

氷川蔵人は、咄嗟に躱して身構えた。

「氷川蔵人、盗賊を装って由比正雪への密書を奪わんとするのもこれ迄だ」

喬四郎は冷笑した。
「おのれ、公儀の……」
氷川蔵人は、喬四郎の正体に気付き、大屋根の瓦《かわら》を蹴って喬四郎に斬り掛かった。
瓦が短い音を立てて二つに割れた。
氷川蔵人の刀は鋭く輝いた。
喬四郎は、氷川蔵人の斬り込みを躱して夜空に跳んだ。
氷川蔵人は、喬四郎を追って跳ぼうとした。
刹那、喬四郎は夜空から手裏剣を放った。
氷川蔵人は、咄嗟に跳び退いた。
喬四郎は着地し、刀を抜いて氷川蔵人に跳び掛かった。
氷川蔵人は刀を構えた。
次の瞬間、喬四郎の刀は閃光《せんこう》となった。
氷川蔵人は眼を瞠り、息を呑《の》んだ。
鈍い音がした。
喬四郎は、苦無を構えて氷川蔵人を見据えた。
氷川蔵人は、呆然《ぼうぜん》とした面持ちで己の腹をみた。

喬四郎の刀が腹を貫いていた。

「お、おのれ……」

氷川蔵人は、腹から血を滴らせて悔しさを露《あら》わにした。

喬四郎は、斬り付けながら刀を投げた。

氷川蔵人に躱す間はなかった。

「氷川蔵人、此迄だ……」

喬四郎は、静かに告げた。

氷川蔵人は苦しげに顔を歪め、膝から崩れ落ちて前のめりに斃れた。

喬四郎は、裏柳生の忍び氷川蔵人の死を冷徹に見極めた。


才蔵と喜平は、三人の裏柳生の忍びの者と闘っていた。

高岡と三人の配下は、隠居屋敷の奥にいる隠居の間部詮房に迫った。

間部詮房は禿頭を震わせ、二人の家来に護られて逃げた。

高岡の三人の配下は、間部詮房の二人の家来に斬り掛かった。

二人の家来は、三人の配下と必死に斬り結んだ。

高岡は、間部詮房に迫った。

「た、高岡、主に刃を向けるか……」

追い詰められた間部詮房は、顔を恐怖に歪ませて握る刀を小刻みに震わせた。

「此処にいるのは主に非ず。鯖江藩を窮地に陥れる遺恨に取り憑《つ》かれた亡者……」

高岡は、間部詮房を厳しく見据えた。

「おのれ、高岡采女《うねめ》……」

間部詮房は、高岡に斬り付けた。

高岡は、袈裟懸《けさが》けの一刀を放った。

間部詮房は袈裟懸けに斬られ、血を飛ばして俯《うつぶ》せに倒れた。

「殿……」

高岡は、倒れた間部詮房の前に座り込んで手を合わせた。そして、脇差を抜いて己の腹に突き立てた。

高岡采女は、主を手に掛けた己の罪を償う為、武士として切腹した。

高岡采女は蹲《うずくま》って絶命した。

含み笑いが小さく湧いた。

俯せに倒れている間部詮房の身体が、含み笑いに合わせて小刻みに揺れた。

間部詮房は死んではいなかった。

高岡采女は、主に止めを刺す事が出来なかった。

その情けが武士としての不覚を招いた。

間部詮房は、血塗れの半身を起こした。

「間部詮房は死なぬ。吉宗への遺恨を晴らす迄は死なぬのだ……」

間部詮房は、禿頭を揺らしてさも可笑《おか》しそうに笑った。

刹那、閃光が走った。

間部詮房の首が斬り飛ばされ、血を振り撒《ま》いて壁に当たった。そして、禿頭を輝かせて高岡采女の前に転がった。

喬四郎が血に濡《ぬ》れた刀を手にし、間部詮房の首の無い身体の背後に現れた。

遺恨に取り憑かれた亡者は成敗した。

虫の音が湧き、隠居屋敷を覆った。


才蔵と喜平は、三人の裏柳生の忍びの者を始末した。

高岡の三人の配下は、間部詮房の家来を斬って奥座敷に駆け付けた。そして、間部詮房の死を見定め、切腹した高岡采女の遺体を隠居屋敷から担ぎ出した。

屋根船は、高岡の遺体と三人の配下を乗せて隅田川を下って行った。

喬四郎は、才蔵や喜平と見送った。

屋根船の明かりは、隅田川の闇に消えて行った。

「御苦労さん、じゃあ此でな……」

喜平は、一緒に遊びに行った帰りのような笑顔で立ち去って行った。

「ああ。達者でな……」

才蔵は、笑顔で見送った。

喬四郎は苦笑した。

向島の夜空には、無数の星が煌めいていた。


江戸城御休息御庭には小鳥の囀《さえず》りが響いていた。

吉宗は、小姓を待たせて四阿《あずまや》に向かった。

四阿には、御庭之者の喬四郎が控えていた。

「終わったか……」

「はっ……」

「して、密書なるものは……」

「ありました。此に……」

喬四郎は、二通の古い手紙を差し出した。

吉宗は、二通の古い手紙を読み始めた。

その顔色は僅かに変わった。

喬四郎は見守った。

二通の古い手紙を読み終えた吉宗は、小さな吐息を洩らした。

「密書は大猷院《だいゆういん》さまのものだったか……」

〝大猷院〟とは、三代将軍家光の法号だった。

「はい。他にはございませんでした」

喬四郎は、吉宗の祖父である紀州徳川頼宣の密書はなかったと暗に匂わせた。

「そうか……」

吉宗は、微かな安堵を滲ませて再び密書を見詰めた。

密書は、三代将軍家光が由比正雪に宛てたものだった。

家光は、幕府に不平不満を抱いて謀反を企《たくら》む浪人や大名旗本を集めろと、軍学者の由比正雪に秘《ひそ》かに命じていた。

そして、集めた謀反人たちを一挙に葬り、後顧に憂いを残さずに死ぬ……。

病の床に就いていた家光は、己の死が近いのに気付き、徳川幕府に不平不満を抱く者の一掃を決意し、軍学者の由比正雪に謀反を企てさせたのだ。

そして、家光は慶安四年四月に病没した。

由比正雪の謀反の陰謀は、同年七月に露見した。

世に言う〝慶安事件〟だ。

家光の狙い通りに事は進み、幕府に不平不満を抱く浪人たちは一掃され、正雪は駿府で自害して果てた。

由比正雪の慶安事件は、三代将軍家光の陰謀だったのだ。

吉宗の祖父紀州徳川頼宣は、家光の叔父《おじ》として助言した。そして、不平不満を抱く者を誘い出す餌として、由比正雪に荷担しているように振る舞ったのかもしれない。

「大猷院さまの陰謀か。如何《いか》に七十年余り前の事とは云え、此の密書が世に出ると、徳川幕府の御威光は地に落ちるか……」

吉宗は苦笑した。

「はい。御公儀は卑劣な陰謀を仕掛けると……」

喬四郎は読んだ。

「密書を手に入れんとした者は、此の事を知っているのか……」

「いいえ。おそらく知らずにあの世に帰ったものと存じます」

「あの世に帰った……」

吉宗は眉をひそめた。

「はい。密書を狙った者は、間部詮房にございます」

「間部詮房……」

吉宗は驚いた。

「はっ……」

「だが、間部詮房は既に越後村上で死んだのではないのか……」

「いいえ。間部詮房は死を装い、上様に恨みを晴らそうとしていたのです」

「おのれ、間部詮房……」

吉宗は、怒りを過ぎらせた。

「そして間部詮房は、鯖江藩に禍を及ぼす亡者として、家中の者に斬り棄てられました」

「家中の者に……」

吉宗は戸惑った。

「はい……」

喬四郎は、吉宗を見詰めて頷いた。

「そうか……」

吉宗は、鯖江藩の苦衷を知った。

「上様……」

「喬四郎、密書を始末し、忘れるが良い。余も忘れよう……」

吉宗は、由比正雪に宛てた密書を喬四郎に返して四阿を出た。

喬四郎は平伏し、渡された密書を握り締めた。

二通の古い密書は、蒼白い炎を躍らせて燃えあがった。

恨み、憎しみ、望み、哀しみ……。

大勢の者の様々な想いを込めて燃え尽き、灰となった。

喬四郎は、何故か虚《むな》しさを覚えた。

風が吹き抜けた。

灰となった三代将軍家光の由比正雪に宛てた二通の密書は、風に吹き飛ばされて此の世から消え去った。

行燈《あんどん》の火は瞬いた。

「そうか、密書は大猷院さまが由比正雪に送ったものだったか……」

倉沢左内は白髪眉をひそめた。

「ええ……」

喬四郎は、左内に酒を注ぎ、手酌で己の猪口《ちょこ》を満たした。

「それにしても、御公儀が謀反を企て、不平不満を持つ輩《やから》を集めて始末する陰謀だったとはな……」

左内は、憮然《ぶぜん》とした面持ちで酒を飲んだ。

「何の陰謀でございますか……」

姑《しゅうとめ》の静乃と佐奈が、酒と料理を運んで来た。

「う、うむ。ちょいとな……」

左内は、言葉を濁した。

「お父上、陰謀とは穏やかでありませんね」

佐奈は微笑み、左内と喬四郎に酒を注いだ。

「うむ……」

「佐奈、殿方はどのような陰謀を企てているやら。油断はなりませんぞ」

静乃は、喬四郎を一瞥した。

「は、義母上《ははうえ》、私は陰謀など……」

「婿殿、企てていると自ら云う者など、いる筈がありませぬよ」

静乃は笑った。

「は、はあ。それは仰る通りで……」

「母上、旦那さまは陰謀を企てるような御方ではございませぬ。それは妻の私が一番良く存じております。御安心下さい」

佐奈は微笑んだ。

「佐奈……」

「よう申した、佐奈。それでこそ倉沢喬四郎の妻だ。どこぞの疑《うたぐ》り深い古女房とは大きな違いだ」

左内は、嬉しげに酒を飲んだ。

「ならばお前さま。今迄、私に嘘偽りを申した事はないと仰いますか……」

静乃は、左内に皮肉な眼を向けた。

「そ、それは……」

左内は狼狽え、口籠《ご》もった。

身に覚えがある……。

喬四郎と佐奈は、思わず顔を見合わせた。

「それ御覧なさい。お前さまは今迄、何度も私に陰謀を巡らして来た。そうですね」

「な、何を申す。それは長い間、夫婦として暮らしていれば色々ある」

「おや、色々な陰謀ですか……」

「陰謀ではない、色々だ……」

左内は酒を飲んだ。

「婿殿、呉々《くれぐれ》も父上の真似をしてはなりませぬぞ」

「心得ました」

「佐奈、呉々も母上の真似はするなよ」

「承知しております」

喬四郎と佐奈は苦笑するしかなかった。

倉沢家の夜は賑《にぎ》やかに更けて行く……。

本書は書き下ろしです。

忍《しの》び崩《くず》れ

江戸《えど》の御庭番《おにわばん》 3

藤井邦夫《ふじいくにお》

平成30年 11月25日　初版発行
令和７年 ５月10日　３版発行

発行者●山下直久

発行●株式会社KADOKAWA
〒102-8177　東京都千代田区富士見2-13-3
電話　0570-002-301（ナビダイヤル）

角川文庫 21303

印刷所●株式会社KADOKAWA
製本所●株式会社KADOKAWA

表紙画●和田三造

●お問い合わせ
https://www.kadokawa.co.jp/（「お問い合わせ」へお進みください）
※内容によっては、お答えできない場合があります。
※サポートは日本国内のみとさせていただきます。
※Japanese text only

ISBN 978-4-04-106988-2　C0193

角川文庫発刊に際して

角川源義

第二次世界大戦の敗北は、軍事力の敗北であった以上に、私たちの若い文化力の敗退であった。私たちの文化が戦争に対して如何に無力であり、単なるあだ花に過ぎなかったかを、私たちは身を以て体験し痛感した。西洋近代文化の摂取にとって、明治以後八十年の歳月は決して短かすぎたとは言えない。にもかかわらず、近代文化の伝統を確立し、自由な批判と柔軟な良識に富む文化層として自らを形成することに私たちは失敗して来た。そしてこれは、各層への文化の普及滲透を任務とする出版人の責任でもあった。

一九四五年以来、私たちは再び振出しに戻り、第一歩から踏み出すことを余儀なくされた。これは大きな不幸ではあるが、反面、これまでの混沌・未熟・歪曲の中にあった我が国の文化に秩序と確たる基礎を齎らすためには絶好の機会でもある。角川書店は、このような祖国の文化的危機にあたり、微力をも顧みず再建の礎石たるべき抱負と決意とをもって出発したが、ここに創立以来の念願を果すべく角川文庫を発刊する。これまで刊行されたあらゆる全集叢書文庫類の長所と短所とを検討し、古今東西の不朽の典籍を、良心的編集のもとに、廉価に、そして書架にふさわしい美本として、多くのひとびとに提供しようとする。しかし私たちは徒らに百科全書的な知識のジレッタントを作ることを目的とせず、あくまで祖国の文化に秩序と再建への道を示し、この文庫を角川書店の栄ある事業として、今後永久に継続発展せしめ、学芸と教養との殿堂として大成せんことを期したい。多くの読書子の愛情ある忠言と支持とによって、この希望と抱負とを完遂せしめられんことを願う。

一九四九年五月三日

角川文庫ベストセラー

角川文庫ベストセラー

手蹟指南所「薫風堂」　野口　卓

よく遊び、よく学べ——。人助けをしたことから手蹟指南所の若師匠を引き受けた雁野直春。だが彼には複雑な家庭事情があった……「軍鶏侍」「ご隠居さん」シリーズで人気の著者、待望の新シリーズ！

三人娘　手蹟指南所「薫風堂」　野口　卓

初午の時期を迎え「薫風堂」に新しい手習子がやってきた。四カ所の寺子屋に断られたほどの悪童を、師匠の雁野直春は、引き受ける決心をする。一方、二人の武家娘が直春を訪ねてくるが……。

波紋　手蹟指南所「薫風堂」　野口　卓

雁野直春の手腕によって「薫風堂」は順調に手習子を増やしていた矢先、直春の通う道場に道場破りが現れた。彼の機転により、なんとか道場破りを退けたが、それから思いもよらぬ出来事が……。

喜連川《きつれがわ》の風　江戸出府　稲葉　稔

石高はわずか五千石だが、家格は十万石。日本一小さな大名家が治める喜連川藩では、名家ゆえの騒動が次々に巻き起こる。家格と藩を守るため、藩の中間管理職にして唯心一刀流の達人・天野一角が奔走する！

喜連川《きつれがわ》の風　忠義の架橋　稲葉　稔

喜連川藩の中間管理職・天野一角は、ひと月で橋の普請を完了せよとの難題を命じられる。慣れぬ差配で、手伝いも集まらず、強盗騒動も発生し……果たして一角は普請をやり遂げられるか？　シリーズ第2弾！

角川文庫ベストセラー

隠密同心 幻の孤影㈠　小杉健治

同じ太刀筋の傷を受けた3人の死体。そのつながりはどこに？　佐原市松が敵陣に潜入して探索を進めるうち藩ぐるみの壮大な悪事が明らかになり……緊迫した死闘が繰り広げられる大人気シリーズ第4弾！

隠密同心 幻の孤影㈡　小杉健治

悪を裁くためには時に自ら悪に染まり、非情に徹しなければならないのか。敵と知りながら敢えて囮になって潜入捜査を進める市松にシリーズ最大の試練が訪れて……。大好評の書き下ろし時代小説第五弾！

隠密同心 幻の孤影㈢　小杉健治

贋金造りの科で死罪となった男。度々差入を届けていた妾にその死を知らせに出向いた市松だが、女は全くの別人だった。真相を求め武州柿沼村に出向いた市松を待ち受ける大いなる罠とは——！

忘れ扇 髪ゆい猫字屋繁盛記　今井絵美子

日本橋北内神田の照降町の髪結床猫字屋。そこには仕舞た屋の住人や裏店に住む町人たちが日々集う。江戸の長屋に息づく情を、事件やサスペンスも交え情感豊かにうたいあげる書き下ろし時代文庫新シリーズ！

寒紅梅 髪ゆい猫字屋繁盛記　今井絵美子

恋する女に唆されて親分を手にかけ島送りになった黒岩のサブが、江戸に舞い戻ってきた——⁉　喜びも哀しみもその身に引き受けて暮らす市井の人々のありようを描く大好評人情時代小説シリーズ、第二弾！

角川文庫ベストセラー

とんずら屋請負帖
田牧大和

「弥吉」を名乗り、男姿で船頭として働く弥生。船宿の松波屋一門として人目を忍んだ逃避行「とんずら」を手助けするが、もっとも見つかってはならないのは、実は弥生自身だった——。

とんずら屋請負帖 仇討
田牧大和

船宿『松波屋』に新顔がやってきた。船頭の弥生が女であること、裏稼業が「とんずら屋」であることは、絶対に明かしてはならない。いっぽう「長逗留の上客」丈之進は、助太刀せねばならない仇討に頭を悩ませて。

まっさら 駆け出し目明し人情始末
田牧大和

掏摸だった六松は目明し〈稲荷の紋蔵〉に見出され手下となった。紋蔵の口利きで六松が長屋に家移りして早々住人の一人が溺死。店子達の冷淡な態度を不審に思った六松が探索を始めると裏には思わぬ陰謀が……。

生きがい 戯作者南風 余命つづり
沖田正午

人気が下り坂の戯作者・浮世月南風は、名医・杉田玄白に「あと一年の命」と宣告される。だが版元の励ましにより奮い立ち、一世一代の傑作執筆を決意。執筆のため、そして愛する人に再会するため旅に出る！

花戦さ
鬼塚忠

厚き友情と信頼で結ばれていた、花の名手・池坊専好と茶の名人・千利休。しかし秀吉の怒りを買い利休は非業の死を遂げた。専好の秀吉に対する怒りが募る。そんな専好に秀吉への復讐の機会が訪れる……。

角川文庫ベストセラー

妻は、くノ一　全十巻　風野真知雄

平戸藩の御船手方書物天文係の雙星彦馬は藩きっての変わり者。その彼のもとに清楚な美人、織江が嫁に来た!? だが織江はすぐに失踪。彦馬は妻を探しに江戸へ向かう。実は織江は、凄腕のくノ一だったのだ！

四十郎化け物始末1
妖かし斬り　風野真知雄

烏につきまとわれているため〝からす四十郎〟と綽名される浪人・月村四十郎。ある日病気の妻の薬を買うため、用心棒仲間も嫌がる化け物退治を引き受ける。油問屋に巨大な人魂が出るというのだが……。

江戸城　御掃除之者！　地を掃う　平谷美樹

御掃除之者の組頭・小左衛門は、またも上司から極秘の任務を命じられる。紅葉山文庫からある本がなくなったというのだ。疑わしき人物を御風干の掃除に乗じて誘い出そうとするのだが……人気シリーズ第2弾

江戸城　御掃除之者！　玉を磨く　平谷美樹

「本丸御殿の御掃除をわれらに任せよ」。目安箱に投函された訴状をきっかけに、御掃除之者と民間掃除屋の御掃除合戦が勃発！　その裏には将軍位争いに遺恨を持つ尾張徳川家の影が……人気シリーズ第3弾！

遊郭《くるわ》医光蘭　闇捌き㈠　土橋章宏

吉原で開業する医師・宇田川光蘭。腕に遠島の刺青があり、専ら遊女の医者として生活する変わり者だ。吉原界隈で起きる事件の探索を手伝い、時に奉行所に代わって悪を『捌く』。活殺自在な凄腕医師の診療譚。

角川文庫ベストセラー

見習い同心捕物帳
深紅の影
志木沢　郁

父の後を継ぐため、同心の見習いとなった野呂丈一郎は、奇怪な殺人事件の探索を任されることになった。戸惑いを覚えた彼が力を借りたのは、風変わりな例繰方の香川景蔵だった。異色のコンビが事件を解く！

散り椿
葉室　麟

かつて一刀流道場四天王の一人と謳われた瓜生新兵衛が帰藩。おりしも扇野藩では藩主代替りを巡り側用人と家老の対立が先鋭化。新兵衛の帰郷は藩内の秘密を白日のもとに曝そうとしていた。感涙長編時代小説！

蒼天見ゆ
葉室　麟

秋月藩士の父、そして母までも斬殺された臼井六郎は、固く仇討ちを誓う。だが武士の世では美風とされた仇討ちが明治に入ると禁じられてしまう。おのれは何をなすべきなのか。六郎が下した決断とは？

武田家滅亡
伊東　潤

戦国時代最強を誇った武田の軍団は、なぜ信長の侵攻からわずかひと月で跡形もなく潰えてしまったのか？　戦国史上最大ともいえるその謎を、本格歴史小説界の俊英が解き明かす壮大な歴史長編。

天地雷動
伊東　潤

信玄亡き後、戦国最強の武田軍を背負った勝頼。信長、秀吉ら率いる敵軍だけでなく家中にも敵を抱え苦悩するが……かつてない臨場感と震えるほどの興奮！　熱き人間ドラマと壮絶な合戦を描ききった歴史長編！

角川文庫ベストセラー

甲賀忍法帖
山田風太郎ベストコレクション
山田風太郎

400年来の宿敵として対立してきた伊賀と甲賀の忍者たちが、秘術の限りを尽くして繰り広げる地獄絵巻。壮絶な死闘の果てに漂う哀しい慕情とは……風太郎忍法帖の記念碑的作品！

伊賀忍法帖
山田風太郎ベストコレクション
山田風太郎

自らの横恋慕の成就のため、戦国の梟雄・松永弾正は淫石なる催淫剤作りを根来七天狗に命じる。その毒牙に散った妻、篝火の敵を討つため、伊賀忍者・笛吹城太郎が立ち上がる。予想外の忍法勝負の行方とは⁉

忍びの卍
山田風太郎ベストコレクション
山田風太郎

三代家光の時代。大老の密命を受けた近習・椎ノ葉刀馬は伊賀、甲賀、根来の3派を査察し、御公儀忍び組を選抜する。全ては滞りなく決まったかに見えたが……それは深謀遠大なる隠密合戦の幕開けだった！

柳生忍法帖 (上)(下)
山田風太郎ベストコレクション
山田風太郎

淫逆の魔王たる大名加藤明成を見限った家老堀主水は、明成の手下の会津七本槍に一族と女たちを江戸に連れ去られる。七本槍と戦う女達を陰ながら援護するは柳生十兵衛。忍法対幻法の闘いを描く忍法帖代表作！

くノ一忍法帖
山田風太郎ベストコレクション
山田風太郎

大坂城落城により天下を握ったはずの家康。だが、信濃忍法を駆使した5人のくノ一が秀頼の子を身ごもっていると知り、伊賀忍者を使って千姫の侍女に紛れたくノ一を葬ろうとする。妖艶凄絶な忍法帖。